JN441407

오늘부터 돌봐 드립니다

델핀 페생 지음 권지현 옮김

씨드북
Seedbook

다음 생에는

제비꽃처럼 조그맣게 태어나기를

나쓰메 소세키

목차

사랑하는 나의 할머니 조르제트에게

1. 파란 머리

이렇게 일찍 일어난 적이 없는데. 텅 빈 거리와 그 거리에 울려 퍼지는 내 발걸음 소리. 이상하게도 이 고요함이 싫지 않다. 밤의 냄새, 폐부를 찌르는 찬 공기, 이슬비까지도 사랑스럽다. 요양원은 19세기에 지은 오래된 수녀원 건물에 있다. 오래된 돌집에 사는 노인들이라니, 재미있다 생각했다. 그래서 그런지 정문 초인종을 누르면서 좀 실망했다. 벽토를 다시 바른 건물은 평범했고 기능적이었다. 마치 직사각형 두 개를 L자 모양으로 붙여놓은 것 같았다. 삶을 마감하는 곳으로는 그다지 매력이 없었다. 나는 초인종을 누르고 말했다.

"장메르모즈 고등학교에서 인턴으로 온 카퓌신인데요."

2미터가 넘는 철문이 음울하게 끼익 열렸다. 현관문 앞에서 다시 초인종을 누르고 인터폰에 내가 누구인지 또 한 번 말해야 했다.

'여긴 뭐야? 교도소야?' 외부 침입이나 노인 탈출을 막으려고 절차를 이렇게 복잡하게 만든 걸까?

안내실에는 아무도 없었다. 그래서 오른쪽에 있는 휴게실로 들어갔다. 텅 빈 휴게실에는 세제 냄새와 곰팡내가 났다. 나는 너무 더워서 땀이 나기 시작했다. 벽에는 할머니들이 빙고 게임이나 가벼운 체조를 하는 사진들이 붙어 있었다. 게시판은 전체가 크리스마스를 주제로 꾸며져 있었다. 크리스마스트리, 예쁜 포장지로 싼 가짜 선물, 꽃 장식이 잔뜩 붙어 있었다. 사진 속 아이들은 휠체어 옆에서 불어 터진 얼굴을 하고 있었고 부모들은 사진용 미소를 짓고 있었다.

천천히 사진들을 둘러보는데 무거운 고요가 내려앉았다. 비닐 장판을 깐 바닥을 밟아도 아무 소리가 나지 않아서 약간 무서워지기 시작했다. 이 분위기 뭐지?

걷다 보니 식당이 나왔다. 벌써 식기가 놓인 식탁도 있었다. 어렸을 때 엄마가 읽어 줬던 『금발 머리 소녀와 곰 세 마리』가 생각났다. 나는 너무 뜨겁고, 너무 차갑고, 달지 않은 음식을 먹는 내 모습을 상상했다. 내 머리 색을 생각하면 금발 머리 소녀와는 어울리지 않지만.

"여기서 뭐 하는 거죠?"

얼마나 깜짝 놀랐는지 나도 모르게 비명을 질렀다. 그러고 나서 버벅거렸다.

"죄…… 죄송합니다. 문을 열어 주셔서 들어왔는데 안내실에 아무도 안 계셔서요."

요양사는 눈을 휘둥그레 뜨고 나를 바라보았다. 워커와 두꺼운 파카는 그럭저럭 봐줄 만했을 텐데, 귀를 덮는 모자 밑으로 삐져나온 새파란 염색 머리는 항상 그런 반응을 불러일으켰다.

나는 목소리를 가다듬고 준비한 대로 소개말을 암송했다.

"제 이름은 카퓌신입니다. 장메르모즈 고등학교에서 왔고요. 오늘이 인턴 첫날입니다."

요양사는 눈을 깜빡였다. 내 모습에 적응하려는 것 같았다. 나를 보면

대놓고 비웃는 사람도 있고, 터져 나오는 웃음을 참으려는 사람도 있으며, 아예 적대적인 반응을 보이는 사람도 있다. 그런데 이 사람은 그런 반응을 하나도 보이지 않았다. 그냥 할 말만 했다.

"따라와. 탈의실 보여 줄게."

나는 차라리 비웃음을 당하는 게 나은 게 아닐까 생각하며 따라갔다. 이렇게 차가운 반응이라니! 닭살이 돋을 지경이다.

탈의실은 비좁았다. 사방 벽에는 사물함이 있었다.

"여기서 유니폼으로 갈아입어. 유니폼 가져오기는 했겠지?"

흠. 날 바보로 보는 게 분명하군. 나는 가방을 뒤져 유니폼을 꺼내 트로피라도 되는 양 들어 보였다.

"5분 줄 테니까 식당으로 와. 식사 준비 도와야 하니까."

나는 서둘러 옷을 벗고 흰 유니폼을 걸쳤다. 가발이 유니폼의 노란 테두리와 선명한 대비를 이루었지만 파란색을 고른 걸 후회하지 않았다. 오늘 아침은 힘이 넘쳐야 해서 파란색이 가장 잘 맞았다.

앞주머니에는 명찰이 힘차게 외치고 있었다. '카퓌신 B. 학생, 요양 보호 간병 지원 서비스 계열.' 고등학교 졸업반인 나는 학년 초부터 10주 동안 진행되는 인턴십을 기다려 왔다. 아이들을 돌봤던 지난번 인턴십의 결과가 비참했던 걸 생각하면 이번 일이 진로 선택에 결정적인 변수가 될 것이다. 이 계열을 선택한 게 실수가 아니었는지 이번 기회에 알 수 있을 것이다. 만약 실수였다면 앞으로 뭘 하면서 살지 막막하다.

나는 여느 고등학생과 달리 '시니어'들과 일하는 게 두렵지 않다. '시니어'는 정치적으로 올바르게 노인들을 지칭하는 말이라는데, 바보 같다. 노인을 높여 부르는 '노인장'이나 '노존'이라는 명칭도 있지만 나는 그냥 '노인'이라는 말이 좋다. 늙었다는 것이 욕은 아니니까. 나는 오히려 인생의 실을 풀다가 마지막에 이르렀다는 것이 아름답게 느껴진다.

나이가 들었다는 것은 삶을 살았고, 사랑을 했고, 고생을 했다는 뜻이다. 용기 있었고, 비겁했고, 어리석었고, 사랑에 빠졌었다는 뜻이다. 틀린 적도 있고 많은 선택을 했다는 것이다. 그것을 솔직히 말하는 게 잘못된 것일까?

나는 엄마가 할머니가 되기를 무척 바랐을 것 같다.

거울을 보고 미소를 짓자 거울도 화답해 주었다. 그러고 나서 얼음 여왕이 기다리는 식당으로 향했다.

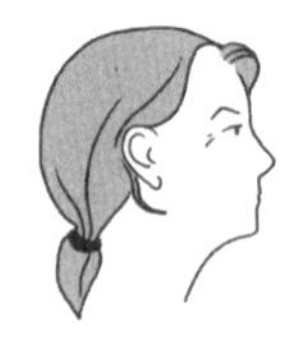

2. 거짓말

요양원의 데르브루크 원장이 우리를 맞아 주었다. 지난번 요양원을 방문했을 때 이미 만난 적이 있었다. 원장은 약간 어색하지만 친절한 사람처럼 보였다.

"벨레르에 오신 걸 환영합니다."

원장은 마치 휴양지 호텔의 문이라도 연 것처럼 들뜬 목소리로 말했다. 식당 공기를 물들인 세제 냄새가 역겨워서 나는 코를 찡그렸다.

요양원 이름은 '깨끗한 공기'라는 뜻의 '벨레르'인데…….

우리는 원장을 따라 식당으로 갔다. 간식 시간이었다.

"환자들이 원하면 방에서 드실 수도 있는데, 아무래도 다른 사람들과 같이 먹으면 더 화기애애해질 수 있으니까요."

나는 의자에 축 늘어져 있는 사람들을 훑어보았다. 분위기가 그리 화기애애하지는 않았다. 어떤 할머니들은 사과 콩포트를 먹으며 우울하게 나를 쳐다보았고, 또 다른 할머니들은 틀니가 다 보이도록 나를 보고 활짝 웃었다. 서로 옆에 있는 사람 귀에 대고 속삭이는 할머니들도 있었다.

할머니들에게는 내가 오늘의 오락거리였다.

나는 식당에 있는 사람들 대부분이 여자라는 걸 깨달았다. 몇 안 되는 남자 중 장작처럼 마른 노인네가 나를 향해 손바닥을 펴 보이며 키스를 날렸다. 망할! 침대에 누워 지내는 병자들을 견뎌야 하는 것도 모자라 변태 노인의 구애까지 받아야 한다니……. 그가 무엇을 시도하든 간에 원하는 건 얻지 못할 것이다.

원장은 우리를 낮 근무팀에 소개했다.

"앞으로 돌봐 드릴 직원들이에요."

원장은 이렇게 속삭이고는 볼일이 있다며 가 버렸다.

릴리라는 요양사가 사과 콩포트와 사블레 쿠키 한 개를 건넸다. 나는 고개를 저었다.

"오늘 말이 없네요."

아들이 말했다. 우리가 집을 떠나온 뒤로 나는 한마디도 하지 않았다. 앙투안은 오늘 나를 데려다주려고 480킬로미터 이상을 운전했다. 그리고 늦은 밤에 다시 돌아가야 했다. 아들에게 걱정 끼치지 않겠다고 다짐했다.

하지만 말이 목구멍 어딘가에 박혀서 밖으로 나오지 않았다.

릴리는 내 방까지 우리를 안내했다. 이 세 평 반의 공간이 나의 새 보금자리였다. 방은 환했지만 뭐가 많았다. 지나친 장식, 비닐 장판 바닥, 베이지색으로 칠한 벽을 훑어본 나는 한숨을 내쉬며 말했다.

"예쁘네요."

한쪽 벽에 밀어붙인 의료용 침대가 방 대부분을 차지했다. 침대를 보니 내가 왜 이곳에 왔는지 기억났다. 나는 더는 아내와 엄마가 아니었다. 플로랑 부인도, 퇴직한 초등학교 선생님도, 비올레트도 아니었다. 마을 도서관의 자원봉사자도 아니었고. 나는 그저 요양원 입소자에 불과했다. 보행기 없이는 걸을 수도 없는 초라하고 힘없는 늙은이였다.

안전하지 않아서 더 이상 집에서 살 수 없는 여자.

안전은 아들이 말한 이유 중 하나였다.

"이제는 집에서 혼자 못 지내세요. 안전하지도 않고요."

그건 바보 같은 사고 때문이었다. 몸을 기울이다가 넘어진 것이다. 머리를 싱크대에 부딪히는 바람에 잠깐 기절했었다. 깨어나서는 일어날 수가 없었다. 눈을 뜨자 다리 사이로 흘러나온 소변이 등까지 적신 걸 느낄 수 있었다. 잠옷이 끈적한 허물처럼 몸에 찰싹 붙었다. 추웠다. 부끄럽고, 무서웠다. 결국 이렇게 부엌 바닥에서 오줌을 뒤집어쓰고 죽는 건가? 나를 발견한 건 우리 집에 청소해 주러 온 이웃 준비에브였다. 내가 됐다고 했는데도 준비에브는 구급차를 부르고 앙투안에게 연락했다. 앙투안은 난리를 피우더니 그때부터 내 말은 듣지 않았다. 무조건 '해결책'을 찾아야 했고 '위험을 감수'할 수는 없다고 했다. 앙투안은 아주 어렸을 때부터 늘 그런 아이였다. 진지하고, 배려심 많고, 모든 재앙이 자신에게 닥칠까 봐 늘 불안해하는 아이였다.

아들을 원망하지는 않는다. 그래서 요양원에 가라고 했을 때 그냥 받아들였다. 앙투안은 걱정이 너무 많고, 나는 그 누구에게도 걱정거리가 되고 싶지 않았다.

침대 옆에 있는 벽에는 작은 책장이 있고 위에 서랍장이 있었다. 맞은편에는 이케아 옷장(내 큰 장롱은 이렇게 작은 방에 들어올 수 없을 것이다)과

내 서랍장이 있었다. 그 위에는 최신형 평면 텔레비전이 놓여 있었다.

"마음에 드세요?"

앙투안은 젤리처럼 떨리는 목소리로 물었다. 서랍장은 깜짝 선물이었다. 앙투안이 아침에 배달시킨 것이었다. 아들은 내 가방들을 열어 짐을 다 꺼내는 등 부산을 떨었다.

"보셨죠? 제가 사진 붙여 놓은 거."

벽 하나에 사진이 잔뜩 붙어 있었다. 대부분 아들의 어린 시절부터 지금까지의 모습이 담긴 사진이었다. 앙투안의 딸 레안과 레안의 아이들 사진도 있었다. 내 모습이 담긴 사진은 두 장뿐이었다. 한 장은 남편 레옹과 찍은 사진이었고, 다른 한 장은 고양이 껌딱지를 무릎에 앉히고 찍은 사진이었다. 나는 늘 렌즈 뒤에 있었다.

앙투안이 집에 있는 사진을 모두 가져다가 눈에 띄는 공간만 있으면 덕지덕지 붙여 둔 것이다. 마치 빈 공간을 다 채우고 싶은 듯이. 내 삶을 이 작은 공간에 집약하고 싶은 듯이.

"앙투안, 나 좀 봐."

나는 목이 멘 걸 억지로 풀며 말했다. 앙투안은 동작을 멈추었다. 목소리가 흔들렸다.

"어머니, 얼마나 힘드실지 알아요……."

아들은 평소보다 눈을 크게 떴다. 나를 걱정하는 마음에 요양원이 더 낫겠다고 생각했지만 지금은 내가 요양원에서 잘 지내지 못할까 봐 걱정이었다.

그래서 나는 무서워하는 아들을 달래 주려는 엄마 노릇을 하려고 마음에도 없는 말을 해야 했다.

"아니야. 그렇게 힘들지 않아. 이건 그냥 뛰어넘어야 할 단계인걸. 여기서 잘 지낼 거야."

3. 웃음 부메랑

처음 며칠 동안 나는 방해가 될까 봐 따라다니기만 했다.

“지금은 관찰하는 기간이니까 잘 보고 배워.”

얼음 여왕이 지시했다. 첫날 나를 맞아 준 요양사 이름은 파트리시아다. 파트리시아는 나를 한 번 보고 판단을 끝냈다. 나를 미덥지 않은 애라고 생각하는 게 틀림없었다.

그 생각을 바꾸려고 나는 최대한 눈에 안 띄려고 노력했다. 하지만 다른 사람들보다 머리 하나는 더 큰 내게 그것은 쉬운 일이 아니었다. 파트리시아는 바닥에 웅크리고 빨래하기, 쓰레기 버리기 등 아주 흥미로운 일을 시켰다. 그 덕분에 나는 큰 쓰레기통 뚜껑을 열기 전에는 미리 크게 숨을 들이마셔야 하고 그때부터 숨을 참아야 한다는 걸 배웠다. 그렇지 않으면 역겨운 냄새를 정통으로 맡게 된다. 환자들 쓰레기는 주로 기저귀와 일회용 수건이라 장미 향을 기대하기는 어려웠다.

나는 방도 청소하고 식판도 준비했다. 식탁을 차리고 식사가 끝나면 그릇을 치우고 쓰레기를 버렸다. 다행히 내 파란 가발과 나는 의욕이 넘쳐흘렀기 때문에 불평 한마디 하지 않았다.

사실 정말 어려웠던 것은 말없이 지켜보기였다. 파트리시아는 내게 절대 끼어들지 말라고 했다. 나는 주어진 역할을 했다. 요양원에서 환자에게 제공하는 모든 서비스를 다 해 봤고 환자들도 다 만났지만 그들에게 단 한마디도 하지 않았다. 노란색 크록스 샌들을 신고 사람들을 지켜보면서 머릿속에서만 수다를 떨었다. 나는 마치 버킹엄 궁전의 근위병이 된 것 같았다. 사실 좀 과장이지만. 그냥 서 있기만 한 게 아니라 "안녕하세요, 할머니?", "안녕히 계세요, 할아버지"라고 말했고, 특히 웃어 보였다.

내게는 웃음에 관한 나만의 이론이 있다. 누군가에게 웃어 보이면 그 웃음이 부메랑처럼 돌아온다고 확신한다. 물론 늘 그런 것은 아니지만 그렇다고 생각하면 기분이 좋아진다. 그래서 나는 많은 웃음을 보냈고, 몇몇 할머니가 웃음 부메랑을 보내 주셨다.

방에 들어갈 때는 똑같은 일이 벌어진다.

"이 학생은 인턴이에요. 보고 배우는 중이에요."

내가 인사를 하기도 전에 파트리시아가 선수를 친다.

"인턴이 지켜봐도 괜찮으시죠?"

하지만 대답을 기다리는 법이 없다. 대개는 할머니도 나를 관찰한다. 당연한 일이다. 놀란 표정으로 보는 할머니들도 있고, 긴장한 할머니들도 있다. 아무래도 내 머리 때문인 것 같다. 호기심 넘치는 할머니들은 안 그런 척하면서 나만 바라본다. 하지만 날 금세 잊어버리거나 내가 투명 인간이기라도 한 듯 아예 없는 사람 취급하는 할머니가 더 많다. 그런 할머니들은 사람들이 씻겨 주거나 먹을 걸 입에 넣어 줄 때 멍하니 정면을 바라본다. 할머니들도 나처럼 머릿속으로 이야기를 꾸며 대고 있는 걸까? 아니면 마음 깊은 곳에서 정말 길을 잃은 걸까?

나흘째 되는 날, 팀이 바뀌면서 릴리를 만났다.

"안녕? 오늘은 내가 널 감독할 거야."

릴리는 손을 내밀며 인사를 건넸다. 릴리는 나와 열 살 차이도 안 나는 언니뻘이었다. 작지만 다부진 체격의 릴리는 짧은 머리에 초록색 뿔테 안경을 썼다. 릴리는 이렇게 말하면서 나갔다.

"네 머리 색깔 맘에 든다."

그 말에 나는 우리가 잘 통하리라는 걸 알았다. 유니폼을 재빨리 갈아입고 아무 말 없이 릴리를 따라나섰다.

"안녕하세요, 보송 부인? 곧 아침 식사 시간이에요. 오늘은 인턴인 카퓌신과 함께해요. 온종일 같이 다닐 거예요."

나는 작은 소리로 인사하고 릴리가 창문을 열 동안 구석에 가만히 서 있었다.

"거기서 뭐 해?"

"아…… 지켜보라고 하셔서……."

릴리는 눈살을 찌푸리는가 싶더니 갑자기 얼굴빛이 환해졌다.

"파트리시아랑 다녔었지?"

"네."

릴리는 활짝 웃었다. 릴리의 얼굴빛이 아침 햇살과 함께 방을 가득 채웠다.

"이리 와. 보송 부인을 화장실에 데려가야 하니까 거들어. 그러고 나면 침대 시트 갈고, 다시 식당으로 내려갈 거야."

폴레트 보송 할머니의 몸은 거대했다. 할머니는 거대한 부처의 동상처럼 침대를 점령하고 있었다. 릴리는 할머니의 손을 잡고 눈을 맞추었다.

"보송 부인, 카퓌신에게 어떻게 하는지 보여 줘도 되지요? 나중에 카퓌신

혼자서도 할 수 있게요."

"그래요."

할머니는 잇몸을 드러내고 웃으며 대답했다.

"자, 일단 부인을 일으켜야 해. 부인도 침대 가장자리를 잡고 일어나려 하실 테니까 힘들지는 않을 거야. 팔을 부인 어깨 뒤로 넣어서 손을 반대편 어깨 위에 올려."

릴리는 할머니의 무릎을 잡고 몸을 돌렸다. 그러자 눈 깜짝할 사이에 눈보라가 휘몰아치는 에베레스트산을 정복한 듯 할머니가 위풍당당하게 침대 가장자리에 앉아 있었다.

"봤지? 별로 어렵지 않아. 네 척추를 아끼려면 무릎을 구부리는 걸 잊지 마. 나쁜 습관을 들이면 저녁마다 끙끙 앓을 테니까."

릴리가 씻겨 주는 내내 할머니는 우스갯소리를 멈추지 않았다. 그 덕분에 나도 긴장이 거의 풀렸다. 나는 두 사람에게서 시선을 떼지 않았다. 나도 저렇게 할 수 있을까? 걱정이 되었다.

오전 시간은 화살처럼 빠르게 흘렀다. 릴리는 나에게도 직접 해 보라고 하며 기술적인 동작 이상의 것을 가르쳐 주었다. 나를 믿어 주었다. 나는 느리고 굼뜨지만 두세 번 해 보면 더 나아졌다는 걸 느낄 수 있었다. 집에 돌아올 때는 희한하게도 기운은 다 빠졌는데 새로운 결심에 가슴이 벅찼다. 침대에 쓰러져 엄마 사진을 가슴에 꽉 품었다. 사고 이후 처음으로 삶의 수면 위에 떠 있는 속 빈 조개껍데기가 된 기분을 벗어날 수 있었다.

쓸모 있는 인간이라는 느낌이 들었다. 내 자리를 찾은 것 같았다.

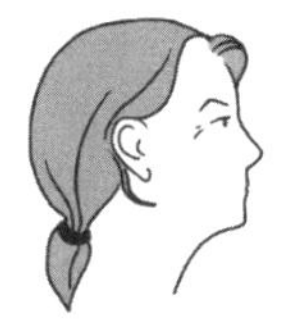

4. 꽃 이름

잔뜩 흐린 기분으로 창밖을 내다보고 있었다. 시선은 저 멀리, 철문 너머 기찻길 위로 흩어졌다. 오늘은 기차가 거의 지나가지 않았다. 기차는 주로 화물차다.

과거의 나를 떠올렸다. 직장 여성이던 나를 떠올린 건 아니다. 그 여자는 이미 오래전에 사라졌다. 직장에 다녔던 마지막 몇 년이 기억날 뿐이다. 느리고 안전한 리듬으로 흐르던 날들. 내 머릿속은 지나간 그 시절의 기억을 불러들인다. 덧없는 장면들이 내가 좋아하는 일본 시 하이쿠처럼 스쳐 지나간다.

오전의 커피, 먹이를 기다리며 내 옆에 앉은 고양이.

준비에브의 낡은 청소기가 내뱉은 울부짖음.

내 식사를 데우는 준비에브의 수다.

신문을 읽다가 잠이 든 나, 무릎에 웅크린 고양이 껌딱지.

더는 손질을 못하는 정원, 흙냄새.

집 벽을 장악한 대나무 사이에서 지저귀는 새들.

올해는 잼이 맛있겠다고 생각하며 그 밑에 즐겨 앉아 있던 큰 미라벨자두나무.

이곳에서는 시간이 다르게 흐른다. 피곤하고 잠이 많이 온다. 세상도 달라 보인다. 마치 바깥에서 세상을 바라보는 기분이다.

사람들은 분주히 움직인다. 바쁜 듯이 방에 들어왔다가 나간다. 잠시도 한가할 틈이 없다. 그들과 달리 나는 같은 자리에 머문다. 기다린다. 회전목마에서 내려왔지만 나 없이도 회전목마는 계속 돌아가는 느낌이다.

오늘 아침, 다른 날과 마찬가지로 7시 30분에 누군가 쾅쾅 문을 두드렸다.

"플로랑 부인, 안녕하세요? 일어나실 시간이에요."

주간에 업무를 맡았던, 불만에 가득 찬 여자가 아니었다. 요양사의 이름표에는 '릴리'라고 쓰여 있었다. 그러고 보니 이곳에 도착했던 날 만났던 여자다. 홍학처럼 다리가 긴 여자아이가 블라인드를 올렸다. 가운 사이로 무릎이 살짝 드러났는데, 눈길을 끈 것은 두 개의 선명한 빛깔이었다. 부츠에 있는 노란 데이지꽃 장식과 아이의 파란색 머리였다.

'요즘 젊은 애들은 눈에 띄는 방법도 별달라'라는 생각이 들었다. 창백한 얼굴과 눈썹 바로 위까지 늘어뜨린 앞머리를 보니 손녀가 집에 와서 자주 읽었던 일본 만화 주인공이 생각났다. 그런 책은 왜 읽는지 지금도 이해가 가지 않는다. 게다가 책을 뒤에서부터 읽어야 하나 보더라.

"안녕히 주무셨어요, 플로랑 부인?"

요양사는 세 살배기 어린이 대하듯 말을 건넸다. 그래서 나도 투덜대며 대꾸했다. 요양사는 대수롭지 않다는 태도였고 명랑하게 수다를 떨었다. 카퓌신이라는 아이가 나를 일으켜 주었다. 인정하기 싫지만 혼자서는 자리에서 일어나지 못한다.

두 발로 서자마자 등이 아파 잠이 확 깼다. 통증은 목부터 다리까지 말

초신경 하나하나를 자극하며 관통했다. 나는 얼굴을 찡그리며 화장실로 향했다.

"도와드릴까요, 플로랑 부인?"

아이가 물었다. 아이가 나서는 게 짜증나기도 하고 그게 도움이 될 거라는 게 더 짜증이 나 나는 고개를 가로저었다.

"날 뭘로 보는 거야? 그깟 화장실쯤은 혼자 갈 수 있다고!"

말은 참을 새도 없이 총알처럼 날아가 명중했다. 아이의 두 볼이 새빨개졌다. 아이는 입술을 깨물었다. 나는 화장실 문을 잠그고 지지대에 매달려 겨우겨우 양변기에 앉았다.

내가 점점 더 고약해지는 것 같다.

화장실에서 나오자 요양사들이 시트를 다 간 뒤 바삐 움직이며 말을 주고받고 있었다. 카퀴신은 수줍은 웃음을 띠고 나를 힐끗 바라보았다. 나는 파란 머리 사이로 아이의 얼굴을 보고 자책했다.

"욕실로 모셔다 드릴까요?"

아이가 물었지만 사실 그건 질문이 아니었다. 이번에도 나는 아이에게 모진 소리를 하고 싶었다. 하지만 볼 안쪽을 지그시 물고 내가 씻을 동안 아이가 나를 지켜보도록 내버려 두었다.

"참 잘하셨어요!"

아이가 수건을 건네며 칭찬했다. 마치 내가 대단한 업적이라도 세운 양.

나도 친절은 중요하다고 항상 생각했다. 학교에서도 아이를 지도할 때 단점을 꾸짖기보다는 아이가 이룬 작은 성취를 칭찬하려고 했다. 그래서 지금도 대꾸하지 않으려고 애썼다. 이 아이가 최선을 다하는데 내가 도와주지 못하고 있었다. 사실 나는 화장실에 가는 것처럼 개인적인 일에 도움을 받아야 하는 처지가 된 사실이 수치스러웠다. 화가 난 게 아니라 부끄러웠다. 아이는 아무런 잘못이 없다.

릴리가 내가 미리 골라 놓은 옷들을 침대 위에 펼쳤다.

"이제는 혼자 하실 수 있으니까 저희는 갈게요. 괜찮죠?"

나는 말없이 고개만 끄덕였다. 릴리는 차트를 살펴보았다.

"아침은 방에서 드시려고요? 맘이 바뀌어서 식당으로 내려오고 싶으면 벨을 누르시면 돼요."

나는 대답하지 않았다. 다시 창문 쪽으로 몸을 돌려 텅 빈 기찻길만 물끄러미 바라보았다. 혼자 옷을 입을 수 있을 정도라고 생각한다면 밥을 혼자서 맘 편히 먹을 수 있게 해 주겠지.

"그럼 이따가 뵈어요, 플로랑 부인."

릴리는 문으로 향하며 인사를 했다. 아이는 꿈쩍하지 않았다. 어두운 눈빛으로 나를 바라보더니 침묵의 질문을 던졌다. '왜 밥을 혼자 드세요? 뭐가 문제예요?'

고집 한번 세다. 아마 이 아이는 나중에 훌륭한 요양사가 될 것이다. 하지만 지금은 아무 말도 하고 싶지 않다. 무슨 소용인가? 모두에게 버림받고 이 방에서 죽을 때까지 갇혀 지낼 텐데.

내 고양이도 나를 버렸다.

"카퀴신!"

복도에서 아이를 부르는 소리가 들렸다. 나를 응시하던 아이의 시선은 쉽사리 떠나려 하지 않았다. 아이는 결국 내게로 몸을 기울이더니 침대맡에 놓인 꽃다발을 정리하는 척했다.

“플로랑 할머니! 할머니랑 저랑 이름이 둘 다 꽃 이름인 거 아세요? 비올레트는 제비꽃, 카퓌신은 한련화! 재밌죠?”

아이가 나간 자리에 바닐라 향이 은은히 풍겼다.

5. 거리 두기

이제 익숙해지기 시작했지만 아침에는 여전히 영 힘들다. 새벽 5시에 침대에서 겨우 빠져나와 5시 45분 버스를 집어 타고 요양원까지 가는 길에 잠들지 않으려고 노력한다. 어제는 눈을 감지 않으려고 하품을 천 번은 한 것 같다. 정거장에서 요양원까지는 걸어서 10분 넘게 걸려서 목도리에 얼굴을 파묻고 직감에 의지해 보지도 않고 걷는다.

파란색 가발은 오늘 밝은 갈색 가발로 바꾸었다. 턱밑까지 오는 단발머리는 심플하고 실용적이다. 노인들은 새 머리 색에 별로 반응하지 않았다. 나는 할머니들과 할아버지들에게 나를 알아 갈 시간을 준다. 환자들을 내 편으로 만드는 중이다.

일이 6시 30분에 시작되면 경계를 늦추어서는 안 된다. 우선 근무 교대(야간 근무를 한 사람들이 밤사이 벌어진 일을 다음 근무자에게 모두 알린다). 그런 다음에 잠깐 휴식. 곧이어 환자들을 깨우고, 혼자 일어나지 못하는 환자들은 침대에서 일으켜 씻긴다. 아침 식사가 끝나면 방마다 돌면서 살피고, 다시 식당으로 내려가 점심을 먹인다(혼자 먹지 못하는 노인들을 돕는다). 방에 다시 모시고 가 낮잠을 재우면 교대 시간이다. 그렇게 똑같은 일이 계속 반복된다.

나는 꿔다 놓은 보릿자루처럼 지켜만 보던 첫 며칠 동안 느꼈던 실망감을 잊지 않으려 노력했다. 벌써 먼 옛날이야기 같다. 지금은 사방팔방 뛰어다니는 통에 발바닥에 불이 날 지경이다.

오늘 아침에는 열다섯 명의 환자를 책임지는 파트리시아를 따라다녔다. 그중 열 명은 혼자서 몸을 움직일 수 없다. 나는 적극적으로 임하기로 마음먹고 온 힘을 다했다. 파트리시아에게 혹시 침대에 누워 있는 할아버지를 씻겨 드려도 될지 물었다. 아흔네 살의 푸파르 할아버지는 몸무게가 50킬로그램이 겨우 넘을 정도로 여위었다. 파트리시아는 그러라고 했고, 나는 카트에 필요한 물건을 모두 챙겨 넣었다. 그리고 '상냥하면서도 빨리빨리 움직여라'를 주문처럼 반복했다.

"이번에는 뭘 한다고 항상 미리 알려 드려야 해. 그리고 존엄성을 지켜 드리고."

존엄성. 쭈글쭈글한 피부에 빼빼 마른 몸을 가진 남자의 존엄성을 말하는 거야? 아니면 내 존엄성을 말하는 거야?

나는 잠깐 얼어붙었다. 완전히 긴장했다. '으악! 못할 것 같아!'라는 생각에 이어 '내가 여기서 뭐 하는 거지?'라는 생각이 밀려왔다. 파트리시아의 날카로운 목소리가 나를 깨웠다.

"카퓌신? 자니?"

이런 현실을 감당하기에는 내가 모자라다는 생각이 들었다. 여긴 내가 있을 자리가 아니었다. 나는 숨을 깊게 들이마시고 할아버지에게 이제부터 씻겨 드리겠다고 말했다. 너무 차갑거나 너무 뜨겁거나 내가 아프게 하면 주저하지 말고 말씀하시라고.

할아버지는 아무런 반응이 없었다. 나는 할아버지의 허리까지 천천히 시트를 덮은 다음에 세면 장갑에 물을 묻혔다. 부드럽게 할아버지의 얼굴을 닦는 동안 할아버지는 천장만 바라보고 있었다. 마치 아무런 감각을 느낄 수 없는 작은 둥지를 내면에 틀고 그 안에 들어가 있는 것 같았다.

앙상한 할아버지의 몸을 닦으면서 이분이 오래전에 돌아가신 내 할아버지일 수도 있다고 생각했다. 하얀 살 위로 울툭불툭 튀어나온 혈관들이 팔딱팔딱 뛰고 있고, 할아버지의 눈빛은 그 아래 무엇이 감추어져 있는지 알 수 없을 정도로 어두웠다.

"빨리빨리 좀 해! 아직 목욕시켜야 할 환자가 네 분이나 되고 샤워시켜야 할 환자가 두 분 더 있다고."

파트리시아가 재촉했다. 나는 아무 대꾸도 하지 않았지만 파트리시아의 지적은 핵심을 찔렀다. 할아버지의 시선이 나를 향했다. 그 투명한 눈동자에 재미있어하는 반응이 불꽃처럼 지나갔다.

"어린 아가씨가 나처럼 못쓰게 된 늙은이 몸을 씻기는 게 보통 일인감."

할아버지의 말에 파트리시아는 아무 말도 못 했다.

"저 그렇게 어리지 않아요. 이제 곧 성인이에요."

"그럼 얘기가 다르지!"

할아버지가 날 놀리는 게 분명했다. 침울한 기분이 싹 날아가 버린 모양이다. 물로 비누를 씻어 내린 다음에 수건으로 할아버지의 축 늘어진 살을 꾹꾹 찍으며 몸을 닦았다. 파트리시아가 옷 입히는 걸 도와주었다. 할아버지가 침대 옆 작은 탁자로 손을 뻗치더니 서랍을 열어 달라는 시늉을 했다.

"거기 작은 수첩, 그걸 좀 다오."

오래 사용해서 빳빳해진 수첩에는 작은 연필이 고무줄로 묶여 있었다.

"자네 생일도 알려 줘."

할아버지는 새 페이지를 열고는 말했다.

"봄이에요. 5월 5일."

할아버지는 비뚤비뚤한 글씨로 내 이름과 생일을 적었다. 파트리시아가 다 들릴 정도로 큰 한숨을 쉬었다. 나는 듬성듬성한 할아버지 머리를 빗긴 다음 욕실로 가서 세면대 옆에 놓인 오드코롱을 가져왔다. 내가 오드코롱을 뿌리는 동안 파트리시아는 카트를 밀고 벌써 문간에 서 있었다.

"마지막을 장식하지 않고 떠날 수는 없죠."

나는 할아버지 목에 오드코롱을 듬뿍 뿌리며 말했다. 목 부분은 구겨졌지만 깨끗한 스웨터를 입히고 옆 가르마로 정갈하게 머리를 빗으니 할아버지는 소년 같았다. 주름만 있을 뿐. 파트리시아가 나를 나무라는 표정을 하고서 기다리고 섰다. 나는 서둘러 방을 나왔다. 방문을 닫기 전에 키득키득 웃는 할아버지에게 살짝 윙크를 보냈다. 할아버지도 윙크하려고 했지만 잘되지 않았다. 하지만 괜찮다. 마음이 중요하니까.

오늘 파트리시아는 평소보다 더 차가웠다. 시간 낭비하면 안 된다, 1분 1초가 아깝다, 나 때문에 늦어졌다는 둥 나를 나무라기 바빴다.

"빨리빨리 움직여야 한다는 거 너도 알지? 그렇게 노닥거릴 시간 없어. 그렇게 해서 언제 일을 마치니? 게다가…… (갑자기 목소리가 심각해졌다) 어느 정도 거리를 둬야 해. 너도 알게 되겠지만 이게 너한테 내가 해 줄 수 있는 최선의 충고야."

파트리시아는 복도 한가운데 멈춰 서더니 나를 뚫어지게 바라봤다.

"무슨 말인지 알아들어?"

나는 그렇다고 얼버무렸지만 사실은 아니었다. 이해할 수가 없었다. 왜 환자들과 얘기를 나누는 게 시간 낭비지? 그리고 거리를 두라는 말은……. 우리가 무슨 로봇이야?! 따뜻한 접촉 없이 어떻게 목욕처럼 친밀한 행위를 할 수 있다는 거지? 하지만 나는 이런 생각을 애써 삼키고 내일은 금발 가발을 써야지 결심했다. 밝은 금발에 곱슬곱슬한 머리를 느슨하게 땋아 허리까지 늘어뜨린 가발이다.

밝은색은 상냥함을 위해서, 그리고 곱슬머리는 내가 하고 싶은 일을 정확히 기억하기 위해서.

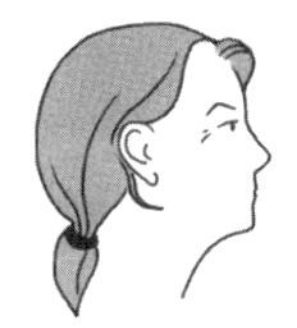

6. 검은 고양이

배고프지 않다. 목구멍에 쌓였던 자갈들이 뱃속으로 내려간 느낌이다. 뱃속에 돌덩어리가 들었는데 어떻게 밥을 먹을 수 있나?

매주 일요일에 그렇듯이 엊저녁에도 앙투안이 전화를 걸어 왔다.

"잘 계셨어요?"

아들의 목소리가 멀게만 느껴졌다. 멀리 떨어져 있어서 그런 건지 아니면 내가 이미 다른 곳에 와 버려서 그런 건지 모르겠다.

"그래, 잘 지냈다."

"정말이에요?"

아들이 다시 물었다. 나는 꽉 찬 하루하루를 만들어 낼 기력은 없었다. 혈압을 재러 왔던 간호사가 나를 어린아이 다루듯 혼냈다.

"식사를 하셔야죠, 플로랑 부인. 이렇게 기운 없이 지내시면 안 돼요."

나는 폭풍우가 지나가길 기다렸다. 내가 꾸짖었던 학생들이 얼마나 많은지 간호사가 안다면 그 정도 잔소리 가지고는 내가 꿈쩍하지 않는다는 걸 눈치챘을 텐데. 나는 애써 보겠다고, 간호사가 듣고 싶은 대답을 해 주었나.

나는 결국 아들에게 묻지 않겠다고 다짐했던 질문을 던졌다.

"소식 있니? 집에 돌아왔어?"

고양이 한 마리 때문에 이런 상태가 된다는 게 우스워 보일 수 있다. 앙투안의 목소리는 더 가라앉았다.

"아니요. 어쩌면 아예 안 돌아올 수도 있어요."

아들은 잠시 머뭇거리다가 대답했다. 나는 더 묻지 않았다. 앙투안이 무슨 생각을 하는지 알기 때문이다. 아들은 내가 넘어진 건 고양이 탓도 있다고 생각한다. 내가 고양이 밥그릇을 바닥에 놓다가 바보같이 넘어진 탓이다. 하지만 아들의 생각은 틀렸다.

아들은 엄마가 이미 올해 들어 벌써 몇 번 굴렀다는 사실을 모른다. 아무 문제없이 멀쩡히 서 있다가 잠깐 사이에 바닥에 넘어져 있었다. 하지만 크게 다치지는 않았다. 정신을 차릴 때까지 잠시 기다렸다가 천천히 일어나면 그만이었다. 멍 자국은 긴 소매로 가려 아무도 못 보게 했다. 나이가 들면 그렇게 의기소침해진다.

요양원으로 옮기던 날, 껌딱지가 집을 나갔다. 요양원에 가져갈 물건을 고를 때 도와주러 앙투안이 와 있었다. 상자에 넣은 물건들을 보고 있자니 서글펐다. 내 삶 전부가 상자 몇 개에 정리되었다. 가구, 책, 화분 등 나머지는 가져갈 수 없었다. 공간이 없었다. 그런데 고양이까지 없어지다니. 해도 너무했다.

앙투안은 나를 안심시키려 애썼다. 이웃인 준비에브는 껌딱지가 돌아오면 잘 돌보겠다고 약속했다. 준비에브는 몇 년 전부터 집안일을 도와준 이웃이다. 좀 수다스럽지만 정직해서 약속한 건 반드시 지키는 사람이다.

요양원으로 출발할 때 집은 거의 빈 상태가 되었다. 껌딱지는 여전히 코

빼기도 비치지 않았다. '적어도 그 녀석은 요양원에 억지로 떠밀려 가진 않겠지' 라는 생각도 들었다. 그래도 작별 인사를 하지 못한 게 내내 아쉬웠다.

껌딱지를 발견했던 날이 생각난다. 쓰레기를 버리러 갔을 때 어디선가 아기 울음소리가 들렸다. 처음에는 정말 아기인 줄 알았다. 소리가 나는 곳은 노란색 쓰레기통이었고, 뒤져 보니 신발 상자 안에 고양이가 들어 있었다. 부드러운 털을 가진 고양이가 몸을 동그랗게 말고 벌벌 떨고 있었다. 누가 이런 데다가 고양이를 버릴 수 있는 건지. 검은 고양이를 버리는 사람이 많다고 어디선가 읽은 적이 있다. 재수가 없다던가. 나는 미신을 믿지 않는다. 오래 생각할 것도 없이 상자째 집으로 들고 갔다. 불행은 동물을 쓰레기처럼 버리는 인간들이 만들어 내는 것이다.

나는 자전거 바구니에 상자를 넣고 그 안에 새끼 고양이를 담요에 말아 놓았다. 페달을 밟는 내내 고양이가 오래 살 것 같지 않다고, 나는 오지랖 넓은 할망구라고 생각했다. 수의사는 이 아이가 수컷이고, 몸무게가 800그램이며, 밤을 넘기기 힘들지도 모른다고 말했다. 고양이에게 주사기로 분유를 먹여 보라고 했다. 병원을 나올 때는 들고 갔던 상자 외에 구충제, 살충제, 그리고 홀쭉해진 지갑이 들려 있었다. 그 뒤로 몇 주 동안 새끼 고양이를 갓난아기처럼 돌보았다. 그러자 고양이는 기력을 회복했고 이내 나를 그림자처럼 졸졸 따라다니기 시작했다. 그래서 그 녀석을 "요 껌딱지 같은 놈!"이라고 불렀고 그렇게 껌딱지는 새끼 고양이의 이름이 되었다. 껌딱지는 한 달도 채 안 되어 집 안을 휘젓고 다녔고, 벽난로 앞에 있는 큰 소파를 할퀴기 시작했다. 밤에는 내가 침대에 누워 소설책을 읽기 시작하면 책 위에

떡하니 자리 잡기를 좋아했다. 쓰다듬어 주어야 내 머리맡으로 자리를 옮겨 내가 잠들 때까지 그르렁거렸다.

그건 매일 반복되는 작은 의식 같은 것이었다.

요양원에 들어오고부터는 잠들기가 쉽지 않다. 껌딱지의 그르렁 소리가 그립다. 베개 옆 껌딱지가 있던 자리도 텅 비어 보인다.

껌딱지가 돌아왔는지 준비에브에게 하루가 멀다 하고 전화를 해댔다. 준비에브는 나를 안심시키려고 했다. 보이지는 않지만 집 뒤쪽에 놓아둔 밥그릇이 매일 아침 비어 있다는 것이다.

"걱정 말아요, 비올레트. 돌아올 거예요."

준비에브는 이렇게 말하고는 서둘러 다른 주제로 이야기를 돌렸다. 그녀는 늘 얘깃거리가 많았다.

그런데 일주일 전부터 밥그릇에 먹이가 그대로 남아 있더라는 것이다.

"껌딱지가 영영 안 돌아올 수도 있으니 마음의 준비를 하세요."

앙투안이 넌지시 말했다. 나는 이렇게 빙빙 돌려 내뱉은 문장이 무슨 의미일까 싶었다. 마치 있는 그대로의 현실은 입 밖에 낼 수조차 없이 추하고 잔인하다는 것인가.

'안 돌아올 수도 있어요.'

껌딱지가 죽었다는 말인가? 굶어 죽었다는 말인가? 차에 깔려 죽었거나 너무 많은 가구 사이에 내버려 두었다고 그냥 떠나 버렸다는 말인가?

앙투안은 화제를 바꿨다. 공사가 복잡했지만 팀원들이 의욕에 넘쳐서 꽤 빨리 마무리할 수 있을 것 같단다. 앙투안은 건축 엔지니어로 해외에 자주 출장을 간다. 내 생각에는 그래서 결혼 생활을 날려 버린 것 같다. 그 바람에 앙투안을 볼 일이 거의 없다. 어쩌겠는가. 자신을 위해 아이를 낳는 부모는 없는 법. 아들이 행복한 것 같으니 그걸로 됐다.

앙투안이 회사에서 있었던 일, 손자들(그러니까 나는 증조할머니다) 얘기하는 걸 들으면서 잘 지내고 있구나 하는 생각이 들었다. 삶은 나 없이도 제 갈 길을 가는구나 하고. 전화를 끊을 때 수화기가 어찌나 무겁게 느껴지던지. 작고 씁쓸한 눈물방울이 흘러내려 화를 내며 닦아 냈다. 울면 안 돼. 나는 절대 울지 않는다.

식사를 가져다준 요양사를 보니 그 아이였다. 머리 색은 바뀌었어도 한눈에 알아봤다. 그 나이에 가발을 쓰다니, 생각해 보면 좀 이상한 일이다. 아무튼 오늘 쓴 가발이 더 맘에 들었다. 인상이 훨씬 부드러워 보였다. 저렇게 마르지만 않았어도 꽤 예쁜 얼굴인데……. 카뤼신은 한련화가 아니라 극락조화에 더 가까웠다. 기다란 가지 위에 핀 선명한 빛깔의 꽃. '낙원의 새'라는 뜻의 극락조화는 가냘프고 아름답다.

아이는 쟁반을 카트 위에 놓고 맛있게 먹으라는 인사를 했다. 나는 고맙다고, 이제 가 보라고 들릴 둥 말 둥 말했지만 아이는 나갈 기미를 보이지 않았다. 그 대신 수프가 뜨거우니 조심하라고 했다. 내가 밥을 먹을 때까지 지켜볼 심산이었다. 나는 숟가락을 입으로 가져갔다. 수프가 어찌나 뜨겁고 맛없던지 얼굴이 찡그려지는 걸 노서히 막을 수 없었다.

"맛없죠? 저도 알아요. 소금을 넣지 않으면 맛이 엉망일 수밖에 없어요. (그러면서 내 의료 기록지를 살펴본다.) 소금에 대한 주의 사항은 없네요."

아이는 카트를 뒤지더니 소금 봉투를 내밀었다. 멋진 식사 쿠폰을 선물하기라도 하듯 뿌듯한 표정을 짓고서.

"후추가 있으면 좋은데."

까다로운 사람처럼 보이기는 싫지만 난 늘 간이 강한 음식을 좋아했다. 향신료와 목구멍을 따갑게 하는 모든 것을. 아이는 또 다른 봉투를 내밀었다. 결국 나는 몇 숟가락을 더 뜰 수밖에 없었다. 아이가 좋아하는 것 같았다. 이 아이도 배를 채우면 슬픔이 비워진다고 믿는 부류 같았다.

"밑에서 다른 분들과 같이 식사하고 싶지 않으세요?"

나는 숟가락을 내려놓았다. 그러니까 내게 억지로 밥을 먹이는 거로는 성에 차지 않는다? 나는 퉁명스럽게 답했다.

"혼자 있는 게 더 좋아."

아이는 나를 물끄러미 바라보았다. 내가 더 설명해 주길 바라는 눈치다.

"사람들한테 할 말이 별로 없어."

"그분들을 잘 모르시잖아요."

"여기 온 첫날 원장이 소개해 줬어. 나한테 뽀뽀를 날린 남자도 있었지."

아이는 손으로 입을 가리고 키득키득 웃었다.

"부인이 아름다우시니까 그렇죠. 저는 멋진 것 같은데요?"

나는 뾰로통 입술을 내밀었다. 상황을 그렇게 볼 수도 있군. 아이는 생각에 잠겨 껌딱지의 사진을 바라보았다.

"고양이, 귀엽네요."

그리고 내가 사진에 베껴 놓은 시를 천천히 읽었다.

해는 가도

고양이는 남는다

내 무릎 위에.

“하이쿠라는 일본 시야.”

아이는 시에 완전히 빠진 듯 넋이 나갔다. 그러더니 카트를 밀며 문으로 향했다.

‘평범한 아이는 아니구먼. 그래도 고맙네. 껌딱지가 귀여운 거 빼면 시체지!’

기름진 수프 때문에 속이 불편했다.

“없어졌어.”

머리에서 입 다물라고 시키기 전에 나도 모르게 튀어나온 말이었다.

‘주책이야, 할망구! 마음 약해지면 절대 안 돼!’

아이는 그대로 뒤로 돌아 내가 기분 나빠할 사이도 없이 침대 끝에 앉았다.

“어떻게요? 얘기해 주세요.”

아이는 묶은 머리를 옆으로 정리하며 아예 편한 자세를 잡았다.

내 나이 반의반도 안 되는 이 낯선 아이가 귀 기울인다는 이유 하나만으로 나는 마음속 걱정을 털어놓았다. 마치 무거운 가방을 땅에 내려놓듯이.

7. 껌딱지를 찾아서

휴대전화에 표시된 경로를 따라 900미터 넘게 걸었다.

생 미셸 드 볼랑지. 내비게이션에 입력하기 전에는 들어 보지도 못한 촌구석인데, 실제로는 집에서 별로 멀지 않았다. 날씨도 좋지 않은데 여기까지 와서 뭘 하는 건지 모르겠다. 껌딱지는 집을 완전히 나간 게 분명했다. 하여간 나는 쓸데없는 일에 시간 낭비하는 데 선수다.

'버스로 24분밖에 안 되니까'라고 생각은 했지만 양말 두 개를 겹쳐 신어도 발이 꽁꽁 얼 것 같은 매서운 추위다.

파트리시아의 목소리가 들리는 듯하다. '거리를 둬야 해. 너무 열심히 하지 마.' 나는 정반대로 하고 있다.

내가 플로랑 할머니와 만난 시점은 할머니가 요양원에 입소한 지 얼마 되지 않았을 때다. 할머니는 자신이 왜 갇혔는지도 모르는 죄수처럼 갈피를 못 잡는 듯 보였다. 투덜거릴 때도 있었지만 자주 그러는 건 아니다. 방에 틀어박혀 바깥만 내다보고 지내는 할머니의 눈빛은 세상이 멸망하기를 바라는 마음이 담긴 듯하다. 할머니가 내게 속내를 털어놓은 날, 나도 결국 어쩔 수 없었다.

추위에 몸을 떨며 생각했다. '그래, 오래 걸리지 않을 거야. 혹시 껌딱지가 주변에 있는지만 보고 온다고 했으니까.' 갑자기 아이폰이 부르르 떨었다.

마르고 : 모해?

나 : 유령 사냥.

마르고 : 꼰대들이랑?

나는 대답하지 않았다. 마르고를 좋아하지만 이런 문제는 이해 못 할 거다.

마르고를 만난 건 고2 첫 등교일이었다. 사고가 있고 몇 달 뒤였다. 나는 뒤에서 두 번째 줄에 혼자 앉아 있었다. 1년을 성공적으로 보내려면 얼마나 열심히 공부해야 하는지, 선생님의 익숙한 설교를 듣고 있었다. 5분 동안만. 그때 검은 점퍼에 피어싱을 한 마르고가 늦어서 죄송하다는 말 한마디 없이 교실에 등장했다. 마르고와 함께 있으면 남자든 부모님이든 인생 전체가 심각하지 않게 되었다. "왜 내일 일로 골치를 썩어야 해? 중요한 건 바로 오늘이야!" 이것이 마르고의 철학이었다.

그날 마르고는 내 옆에 앉아 나와 친구가 되기로 정해 버렸다. 나중에 왜 그랬느냐고 물었더니 어깨를 으쓱하고는 "그냥 네 옆자리가 비어서"라고 말했다. 나는 내 가발 때문이었다고 확신한다. 그날은 행운을 불러오는 파란색 가발을 썼다. 마르고는 우리가 닮았다고 생각한 것 같다. 나는 늘 '뭐든 다 싫다'는 분위기를 풍겼고 마르고는 고딕 패션을 자랑했다. 하지만 마르고가 단단히 착각한 거다. 누군가 시비를 걸면 마르고는 웃으면서

싱거운 농담을 날리지만 나는 끝까지 싸운다. 오죽하면 마르고가 나를 불도그라고 부를까.

우리는 그 학기에 수업을 자주 빼먹었다. 운동장 뒤에 있는 공터에서 시간을 보내고는 했다. 양반다리를 하고 앉아서 어른 행세를 하며 편의점에서 사 온 맥주를 마셨다. 한동안 그렇게 빈둥대며 지냈다.

첫 학생 평가 때가 되자 아빠가 학교에 불려갔다. 내 진로를 다시 정해야 했기 때문이다.

"너 앞으로 뭐 하고 싶어?"

"몰라. (그리고 한숨) 아무 생각 없거든."

그건 진짜였다. 나는 내면이 텅 비어 있었다. 나는 감정을 느낄 수 없는 빈 껍데기에 불과했다.

아빠는 나를 진로 박람회에 끌고 갔다. 부스마다 멈춰 서서 적극적으로 질문을 하는 등 내게 뭐라도 선택하게 하려고 열심이었다. 나는 도망치고 싶었다.

그러다가 '요양보호사'라고 적힌 팻말을 보았다. 흰 가운을 입은 여자아이들이 깨끗한 방에서 분주히 움직였고, 환자들은 그곳에 와 있는 게 좋은 듯 보였다. 머리를 매끈하게 묶은 여자가 웃고 있는 할아버지 어깨에 손을 얹고 있었다. 드라마를 찍어라. 나는 화가 났다. 할아버지는 웃고 있지만 그 얼굴에는 슬픔이 가득 느껴졌기 때문이다.

"나 저거 할래."

나는 팻말을 가리키며 말했다. 그리고 그걸 했다.

마르고와는 갈라졌다. 마르고도 기계 전공으로 진로를 바꿨다. 새 전공

반에는 여자가 두 명밖에 없다는데도 마르고는 개의치 않았다. 반대로 나는 귀여운 아이들을 돌보는 일을 꿈꾸는 여자들에 둘러싸였다. 작년 한 해를 엉망으로 보낸 덕분에 나는 무리에서 겉돌았다. 마르고와 나는 여전히 친했다. 그러고 보면 우리는 달라서 잘 맞았던 것 같다.

아무튼 오늘 함께 놀 수도 있었는데 이렇게 시간을 낭비하고 있는 이유를 설명하고 싶지는 않았다. 나는 재빨리 '할 일 있음. 담에 봐'라고 보내고 더는 방해받고 싶지 않아 휴대전화를 비행 모드로 바꿨다.

내비게이션이 깜빡이며 '목적지에 도착했습니다'라고 알리기도 전에 나는 작은 집을 알아보았다. 플로랑 할머니가 사진을 보여 주긴 했는데, 지금은 창문의 덧문들이 모두 닫혀 있었다. 잡초가 문 앞 계단까지 무성하게 자랐다. 녹슨 쪽문을 밀어 보니 끼이익 열렸다. 좁은 정면에 토라진 듯한 분위기를 풍기는 집은 그 주인을 닮았다. 나를 보고 도둑이라고 착각하는 사람이 있을까 봐 이리저리 살피며 앞으로 걸어갔다. 사실 거리가 텅 비어 있어 그럴 필요도 없었지만 말이다. 이 외진 마을 전체가 비어 있는 것 같았다. 공포 영화의 배경처럼 사람들이 모두 죽어 있는 것은 아닐까?

집 뒤쪽으로 돌아가니 버려진 고양이 집이 보였고 그 앞에 먹이 그릇이 놓여 있었다. 그릇에는 먹이가 가득 들어 있었다. 껌딱지는 완전히 집을 나간 게 분명했다. 괜히 헛걸음한 것이다. 당장 돌아가고 싶었지만 할머니가 떠올라 어쩌지 하며 손톱만 물어뜯었다. 어차피 여기까지 왔으니 들어가 보자!

할머니가 말한 대로 손잡이를 약간 밀면서 자물쇠에 열쇠를 밀어 넣었다. 안으로 들어가니 환기가 되지 않아 쌓인 곰팡내가 밀려왔다. 바깥이 추웠지만 창문을 열 수밖에 없었다. 집 안은 쥐 죽은 듯 조용했지만 그래도 무섭지 않았다. 오히려 이렇게 고요한 곳에 와 있다는 게 멋지다는 생각이 들었다. 문을 두드리거나 변기 물을 내리거나 음악을 크게 틀 이웃이 아예 없었다.

나는 집 안을 천천히 구경했다. 비올레트 플로랑의 복귀를 기다리는 듯 모든 것이 멈춰 있었다.

"들 수 있는 것만 가져왔어. 그러니까 별것 못 가져왔지. 나머지는 집이 팔릴 때 아들이 버릴 거야."

할머니는 내가 뭐라 하지도 않았는데 아들을 변호했다.

"앙투안은 좀 기다리고 싶어 했지. 집 말이야. 내가 팔자고 했어. 괜찮은 가격에 팔리면 내가 짐이 되지는 않겠지. 그리고 안 팔면 뭐 해? 요양원에 한 번 들어오면 영원히 나가지 못하는걸."

할머니는 내가 못 보는 뭔가를 보기라도 한 듯 허공의 한 점을 응시했다.

"내가 왜 이런 얘기를 했는지 모르겠네. 할망구 얘기 듣느라 자네 시간 낭비만 하고."

나는 아니라고 고개를 저었다.

"시간 낭비 아니에요. 그리고 할머니 주소 주세요. 껌딱지가 돌아왔는지 제가 직접 가서 확인해 볼게요."

할머니의 차가운 손이 내 손을 잡는 게 느껴졌다. 나는 되돌릴 수 없는 약속을 하고 만 것이다.

"껌딱지가 돌아왔는지 말씀드릴게요. 만약 사라진 거면 전단지도 붙이고 SNS에도 올려요. 껌딱지를 찾을 방법은 분명히 있으니까 고민만 하지 말고 움직이자고요."

그렇게 해서 이 얼어 죽을 날씨에 음울한 집에 와 있는 것이다.

나는 부엌으로 다시 가서 고양이가 드나드는 구멍을 열어 놓았다. 식탁에는 방수 테이블보가 덮여 있었다. 꽃무늬가 완전히 지워진 부분을 보니 할머니가 그곳을 닦는 모습이 상상됐다. 함께 먹을 사람 없이 항상 같은 자리에서 밥을 먹었을 것이다.

"여긴 맘에 안 들어."

나는 이렇게 중얼거리고 거실로 나갔다. 부드러운 모포에 반쯤 가려진 커다란 의자 옆에 낡은 소파가 바짝 붙어 있었다. 어디에 앉지? 결국 의자를 선택했다. 그리고 모포 속으로 파고들었다. 걷지도 않으니 온몸이 얼어붙은 탓이다. '오늘도 사서 고생이구나!' 라고 생각하면서도 꼼짝하지 않았다. 30분! 딱 30분만 이러고 있자. 그래도 껌딱지가 보이지 않으면 돌아가야지.

모포보다 더 무겁게 나를 누르는 고요 속에서 눈을 감았다. 그리고 생각보다 훨씬 많이 사람들을 재웠을 의자 위에서 나도 모르게 잠이 들었다.

8. 불법 체류자

다시 눈을 떴을 때는 이미 어둠이 내린 뒤였다. 숨 쉴 때마다 흰 입김이 나왔다. 추위가 뼈마디까지 파고든 상태에서 나는 휴대전화를 찾았다. 한 시간! 한 시간이나 자다니! 아빠가 퇴근해서 돌아올 시간이 얼마 남지 않았다. 당장 돌아가지 않으면 난리를 칠 거다. 나는 덮고 있던 모포를 박차고 일어났다. 그런데 모포가 떨어지면서 이상한 소리가 났다. 나는 약간 겁을 집어먹은 채 모포 한쪽을 들어 올렸다. 그랬더니 빼빼 마르고 더러운 고양이가 보였다. 할머니가 보여 준 사진 속 통통한 고양이와는 닮은 데가 하나도 없었다.

하지만 얘는 분명 껌딱지였다! 껌딱지는 화가 잔뜩 난 눈으로 날 노려봤다.

"껌딱지! 이리 와, 껌딱지야. 겁내지 마."

고양이를 잡아서 문제를 해결하고 빨리 집에 가야 한다.

문제는 껌딱지가 전혀 껌딱지처럼 굴지 않는다는 것이었다. 털을 바짝 세우고 귀는 납작하게 내린 채 의자에 웅크리고 앉았다. 반쯤 벌린 입으로 그르렁거리며 초록색 눈으로 날 계속 노려보았다.

할 수 없이 속임수를 써야 했다. 나는 가까이 다가가는 대신 계속 이름을 부르면서 현관에 있는 장 쪽으로 몰래 걸어갔다. 헨젤과 그레텔처럼 가는 길에 찬장에서 꺼낸 고양이 간식을 하나씩 뿌렸다.

'움직이기 전에 먼저 생각을 해!'

아빠라면 이렇게 말했겠지? 고양이가 바짝 긴장한 채 일어섰다. 숨을 쉴 때마다 옆구리가 오르락내리락했다. 굶은 지 한참 된 모양이다. 나는 고양이를 보지 않고 장을 뒤져 찾던 것을 찾았다. 고양이 캐리어!

"캐리어에 익숙하지 않아. 병원에 갈 때만 캐리어를 쓰니까."

할머니가 해 준 말이 생각났다.

의심 많은 껌딱지는 그르렁거림은 멈췄지만 그렇다고 다가오지도 않았다. 나는 한숨을 쉬었다.

"휴…… 쉽지 않네."

껌딱지를 구석으로 몰아넣는 데 30분이나 걸렸다. 돌아가는 길에 캐리어 손잡이 때문에 손이 아파 죽을 뻔했다. 껌딱지가 기겁할 만큼 말랐는데도 1톤은 나가는 것처럼 느껴졌다. 다행히 껌딱지의 기분은 나아졌다. 캐리어에 갇히자 한참 울더니 안에 넣어 둔 숄 밑에 들어가 나오지 않았다. 캐리어 안에 동그란 공 하나가 들어 있는 것 같았다. 숄은 장 안에서 발견한 할머니의 새틴 숄이었다. 해바라기 무늬가 있는 큰 숄이었다. 할머니는 꽃을 좋아하나 보다.

찬바람 때문에 볼이 얼얼했다. 귀마개를 귀에 대고 꾹꾹 눌렀다. 캐리어 문을 재빨리 닫고 곧바로 이웃집으로 갔다. 이웃이 고양이를 잘 돌봐 줄 거라고 할머니가 말했기 때문이다. 그런데 이게 웬일인가. 군비에브리는 이웃의 문은 열릴 생각이 없었다. 처음에는 똑똑똑 조심스럽게 문을 두드리다가 나중에는 주먹으로 쾅쾅 쳐도 문은 열리지 않았다. 나는 잠시 기다렸다. 누가 조금만 건드려도 폭발할 것 같았다. 이제 어떻게 하지? 이 망할 놈의 고양이를 어떻게 잡았는데, 그냥 놓아줄 수는 없지! 캐리어를 그냥 문 앞에 놓고 갈까도 싶었지만 금세 고개를 저었다. 이웃이 언제 돌아올 줄 알고? 잘은 모르지만 머나먼 유람선 여행을 갔을지도 모르잖아!

'침착하자.'

나는 눈을 감고 기계적으로 가발을 쓰다듬었다. 부드러운 컬이 손가락 사이로 빠져나가고 평온의 방울이 내 안에서 점점 커졌다. 이제 결정을 내려야 한다. 머리를 굴리니 뇌 속에서 톱니바퀴가 돌아가는 것 같다.

껌딱지를 이대로 두고 간다는 건 말도 안 된다. 이런 추위에 바깥에 내놓으면 십중팔구 얼어 죽을 것이다. 답은 하나밖에 없었다. 집에 데려가는 것.

'어떻게 할지 결정할 때까지만' 하고 서둘러 버스를 타러 가며 생각했다. 버스는 늦게 도착했다. 그럼 그렇지.

이 작은 소동으로 오후가 다 날아갔다. 집에 도착하니 아빠가 벌써 와 있었다. 하필이면 그때 껌딱지가 야옹 울었고 나는 현관에 그대로 얼어붙었다. 얼마 전까지만 해도 나무랄 데 없이 논리적이었던 생각이 갑자기 그다지 좋아 보이지 않았다. 아빠가 부엌에서 외쳤다.

"카뤼신, 너니?"

물론 나지. 이 집에 우리 둘밖에 더 살아? 나는 "으응. 나 왔어"라고 얼버무리고 복도 끝 내 방까지 곧장 달려 들어갔다. 나는 점퍼를 벗어서 바닥에 동그랗게 놓고 캐리어 문을 열었다. 해바라기 밑의 공은 움직이지 않았다. 나는 바닥에 먹이를 한 줌 놓아두고 "잠깐 기다려"라고 속삭인 뒤 아빠를 대면하러 갔다.

"무슨 일이야? 왜 이렇게 늦게 다녀? 무슨 문제라도 있었어?"

그럼 그렇지. 아빠는 또 비상 모드가 되었다. 내가 조금만 일상에서 벗어나도 아빠는 스트레스를 받는다. 그 사고 이후 아빠는 늘 걱정이다. 아빠의 끊임없는 질문, 나를 분석하는 곁눈질, 잔소리에 숨이 막힌다. 매번 스캐너를 통과하는 기분이다.

처음에는 별 상관하지 않았다. 초대도 거부하고 외출도 삼가고 아무도 보고 싶지 않았다. 늘 시시껄렁한 이유를 대고 방에 처박혀 지냈다. 세상이 끝날 때까지 어둠 속에 갇혀 있고 싶었다.

그러다가 새 학년이 시작되었고 마르고를 만났다. 거만한 태도, 희한한 패션, 모든 걸 비웃는 미소가 나를 고립에서 꺼내 주었다. 엄마의 죽음이 나를 낭떠러지 밑으로 떨어뜨렸다면 마르고라는 친구는 내게 지상으로 올라갈 수 있는 밧줄을 던져 주었다고나 할까. 나는 조금씩 빛을 향해 올라왔다.

내가 다시 밖으로 나가자 아빠는 기뻐하면서도 겁에 질렸다. 시내에 놀러 좀 다니라고 하면서도 한 시간에 문자를 열다섯 번이나 보내서 아무 문제없느냐고 확인했다.

이제는 나에게 내리꽂히는 아빠의 시선을 견딜 수 없다. 나는 아빠가 했던 일을 떠올린다. 그리고 얼굴에 웃음을 장착한다.

"아픈 요양사가 두 명이나 생겨서 조금 더 일하겠다고 했어."

아빠는 금세 거짓말을 받아들였다. 아빠에게 중요한 건 내가 무사히 돌아온 것이다. 아빠는 형식적으로만 불평을 한다.

"아주 잘했네. 하지만 요양원도 너무하네. 겨우 열일곱인 애한테……."

"금방 열여덟이야."

“그게 중요한 게 아니야. 너한테 추가 근무를 하라는 거였잖아.”

“요양사라는 일을 하다니 정말 ‘존경스럽다’라고 한 게 어제 같은데?”

결국 그렇게 시작되고 말았다. 아빠가 하는 말에 나는 무조건 반대로 말한다. 아빠가 틀렸다고 말하는 게 아빠와 소통하는 유일한 방식이다.

2학년 때 내가 드디어 직업을 결정했지만 아빠는 반대했다.

“그럴 바에야 차라리 사회복지사를 하지 그래? (마치 요양사가 최악의 직업인 것처럼!) 요양사는 세상의 비참한 사람들은 다 볼 텐데. 일이 엄청 힘들 거야.”

아빠는 며칠 동안이나 나를 말리려 했다. 아빠가 내세우는 이유 하나하나가 벽돌이 되어 우리 둘 사이를 갈라놓는 벽을 쌓았다. 아빠는 아무것도 모른다고, 우리는 역시 통하는 게 하나도 없다고 대들었다. 나는 세상에 필요한 사람, 다른 사람을 돕는 사람, 누군가에게 중요한 사람이 되고 싶었다. 그런데 아빠는 힘든 근무 시간, 많은 업무량, 보잘것없는 월급만 생각했다.

그날 저녁, 나는 마카로니를 꾸역꾸역 먹으며 아빠가 말하는 대로 내버려 두었다. 아빠는 한숨을 쉬더니 거실로 가서 텔레비전을 켰다. 아주 잠깐, 아빠가 있는 거실로 갈까도 생각했다. 소파에 나란히 앉아서, 나는 찻잔에 따뜻한 물을 붓고 아빠는 어떤 차를 고를지 고민하는 모습을 상상했다. 옛날처럼.

하지만 삶은 그런 게 아니다. 나는 싱크대에 그릇을 아무렇게나 놔두고 내 방으로 올라갔다. 내가 불법 체류자를 숨겨 주고 있는 걸 알면 아빠는 노발대발할 게 틀림없다.

내면의 목소리가 사실 이 망할 놈의 고양이를 데려온 것도 조금은 아빠 때문이지 않았느냐고 묻는다.

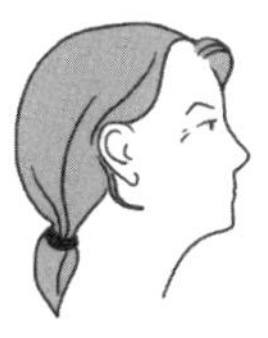

9. 항복

아이가 껌딱지를 찾았고, 나는 다시 먹기 시작했다. 계약 조건은 지켜야지.

카뤼신이 아침을 가져다주면서 좋은 소식을 전했다. 오늘도 가발을 바꿔 썼더라. 파스텔 톤의 분홍색 포니테일 가발이었다.

"플로랑 할머니, 맛있는 아침 다 드셔야 해요. 아니면 팔에 주사 놔야 한다고요."

먹는 걸 계속 거부한다면 정맥 주사로 수분 공급을 받게 될 거라고 어제 저녁 '친절한 파트리시아'가 경고한 바 있다. 나는 누가 도와달라고 했냐고 중얼거렸다. 하지만 힘이 빠지는 게 느껴졌다. 뱃속에 쌓였던 돌은 이제 고통스러운 천공이 되어 장을 꼬아댔다. 중요한 건 아무것도 없었다. 나는 단식을 벌이는 게 아니다. 구체적인 계획 같은 건 없다. 그저 돌아올 수 없는 다리를 건널 때까지 조금씩 나를 놓고 싶을 뿐이다.

카뤼신은 생각이 달랐다. 블라인드를 올리자 햇볕이 강하게 내리쬐었다. 나는 눈을 깜빡였다. 이렇게 일찍 일어나는 데 익숙해지기 힘들었다. 불면증으로 시달린 지 오래되었는데 이곳에 와서 더 심해졌다. 새벽에 겨우 잠이 들자마자 일어날 시간이 되어 버렸다. 나는 심하게 마른 입을 벌려 작은 소리로 말했다.

"맛있는 아침을 가져다줘서 고마운데, 입맛이 없어."

카퓌신은 못 들은 척하고 내게 몸을 기울였다. 향긋한 비누 냄새가 났다.

"제가 찾았어요."

마음속 응어리가 풀린 것 같았다. 아드레날린이 온몸을 휘감아 내가 죽어가고 있다는 것조차 잊어버렸다. 나는 자세를 바꾸려 했다.

"잠깐만요. 제가 도와드릴게요."

카퓌신이 침대 등받이를 조절해 주었고 나는 침대 난간을 붙잡고 몸을 일으켰다.

"어디 있어? 다친 데는 없고?"

머릿속에 질문들이 물밀 듯이 차올라 서로 충돌했다. 껌딱지는 영영 사라졌다고 확신해서 찾지 못할 줄 알았는데. 혹시 나를 안심시키려고 거짓말을 하는 걸까?

카퓌신은 흥분한 학생을 진정시키려고 내가 그랬던 것처럼 팔을 들어 올렸다.

"지금은 시간이 없는데, 그래도 빨리 알려 드리고 싶었어요. 껌딱지는 잘 있어요. 진짜예요. 제가 데리고 있어요. 캐리어 꺼내서 데리고 왔어요. 껌딱지 잡느라 얼마나 고생했는데요!"

카퓌신이 토네이도가 휘몰아치듯 하도 빠르게 말해서 알아듣는 데 좀 힘들었다. 다 알아듣지는 못했어도 아이가 진실을 말하는지 알 수 있었다. 아이의 눈은 거짓말을 하지 않았다.

내가 뭐라고 하기도 전에 카퓌신은 방을 나섰다. 붙잡아서 다시 한 번 말해 보라고, 좀 천천히 말해 보라고 하고 싶었지만 그럴 기회를 주지 않았다.

"식사 배달 마치면 최대한 빨리 올게요."

카퓌신은 방문을 닫다 말고 다시 얼굴을 내밀며 말했다.

"약속할게요!"

그 말도 믿어지더라. 나도 약속한 게 있으니 나이프를 잡아 빵에 잼을 바르기 시작했다.

정확히 2시간 23분 뒤에 카퓌신은 방으로 다시 돌아와 모든 얘기를 자세히 해 주었다. 침대에 똬리를 틀고 있는 껌딱지의 사진도 보여 주었다. 살은 많이 빠졌지만 의심할 여지없이 껌딱지가 맞았다. 카퓌신은 휴대전화에 저장된 사진 여러 장을 보여 주었다. 그런 기계들이 편리할 때도 있구먼.

"저녁 내내 책상 밑에 들어가서 나오지 않았어요. 어떻게 할지 몰라서 그냥 불을 끄고 잤는데, 글쎄, 제 베개 옆에 와서 바짝 웅크리고 있더라고요. 이런 말씀드리기 뭐하지만, 껌딱지 코 고는 소리가 잔디깎이보다 더 시끄럽더라고요!"

나는 아이에게 웃어 보였다. 요양원에 들어오고 진짜 웃어 본 건 이번이 처음이었다. 이제 웃을 일 따위는 없을 줄 알았는데.

"잘 모르는 곳에 있으면 겁이 많아지지만 애정이 아주 많단다."

사실 껌딱지가 아이를 빨리 믿은 것 같아 놀랐다. 아마 껌딱지도 아이에게서 풍겨 나오는 특별한 아우라를 느꼈던 것 같다. 카퓌신은 거부할 수 없는 내면의 선함을 가진 아이다. 나도 그걸 알아보았다.

"그런데 제가 계속 데리고 있을 수는 없어서 해결책을 찾아야 해요. 어제 저녁에 배변용 신문지를 깔아 줬는데 소용없더라고요."

카퓌신이 코를 막으며 말했다.

"조금 있다가 고양이 모래, 사료, 그리고 필요한 걸 사러 가야겠어요. 참,

이웃분에게도 전화하셔야 할 것 같아요."

"물론, 그래야지. 저기…… 나 좀 일으켜 주겠니?"

카퀴신은 기뻐하는 것 같았다.

"네! 침대를 벗어날 마음이 생기다니 다행이에요. 온종일 누워 지내는 건 사는 게 아니죠."

나는 일단 두 발로 서서 망할 보행기를 붙잡고 옷장까지 밀고 갔다. 힘겹게 지갑을 꺼내 아이에게 돈을 내밀었다.

"이게 뭐예요?"

아이는 놀란 눈으로 나를 바라봤다. 아이의 눈이 지폐에 꽂히는 걸 보니 내가 오해를 한 모양이다.

"고양이용품 살 때 쓰라고. 자네한테 고마워서 조금 더 주는 거야."

"아니에요, 할머니. 이건 받을 수 없어요."

미간을 잔뜩 찌푸린 걸 보니 아이가 화가 난 듯 보였다. 아이는 고개를 가로저었는데 분홍색 가발은 움직이지 않았다. 나는 50유로를 손에 쥐고 잠시 가만히 있었다. 아이에게 상처를 주었다고 생각하니 당황스러웠다. 이렇게 어리숙하다니.

아이의 표정이 누그러졌다.

"제가 알아서 해요. 돈은 필요 없어요. 돈 때문에 한 일도 아닌걸요. 저는…… (잠시 주저했다) 할머니가 좋아요. 할머니가 슬퍼하시는 걸 도저히 보고만 있을 수 없었어요."

심장이 쿵쾅거리는 게 목구멍 깊숙한 곳에서 느껴졌다. 아이의 동정에 화가 날 수도 있었다. 아이가 그런 마음을 먹을 만큼 내 상태가 안 좋았을 수도 있다. 어쨌든 나는 현실을 받아들여야 했다. 아이의 말이 맞는다. 나는 슬펐다. 끔찍하리만치 슬펐다. 아이는 날 동정하는 게 아니었다. 아이는 자기 마음에 충실했을 뿐이다.

다리가 후들거려서 침대 옆에 있는 큰 의자에 앉았다.

"이제는 껌딱지가 잘 지낸다는 거 아셨죠? 안전하니까 걱정 마세요. 저도 있고요. 할머니는 혼자가 아니에요."

카퀴신은 내 앞에 무릎을 꿇고 앉아 나를 뚫어지게 쳐다보았다.

"할머니는 혼자가 아니에요. 이곳에 많은 사람이 있잖아요. 지금처럼 방 안에만 갇혀 지내지 마세요. 점심도 식당에 내려가서 사람들과 어울려 드시고요."

왜 이런 걸 부탁하는 거지? 난 그럴 마음이 전혀 없는데.

"저를 위해서……."

말줄임표가 아이가 미처 다하지 못한 말만큼 선명하게 방에 내리꽂혔다.

'저를 위해서. 할머니가 도와달라고 하지 않았지만 할머니를 돕고 있는 저를 위해서요.'

선택의 여지가 없었다. 분홍 머리 여자아이에게 어떻게 싫다고 말할 수 있겠나?

"알았다."

나는 결국 항복하고 말았다.

"한번 노력해 볼게. 밑에서 밥을 먹겠지만…… 조건이 있어."

아이는 걱정스러운 표정을 지었다.

"내 이름은 비올레트야. 이제부터 비올레트 할머니라고 불러다오."

10. 다시 원점으로

토요일은 마르고와 보냈다. 플로랑 할머니—아니, 비올레트 할머니. 할머니는 내가 이름을 불렀으면 하신다—의 이웃인 준비에브 할머니네 집까지 함께 가 주었다.

날은 춥고 건조했다. 발을 디딜 때마다 돌들이 바삭바삭 소리를 냈다. 기분 좋은 햇살이 내리쬐었다면 가는 길이 더 즐거웠을 텐데. 현실은 정반대였다. 캐리어에 들어간 껌딱지는 신경이 거슬릴 정도로 계속 울어댔다. 내가 자기를 버리러 가는 줄 아는 모양이다. 동물은 그런 일에 대한 감각이 뛰어나다고 들었다. 도축장에 끌려가는 가축이 자신의 운명을 감지하듯이.

“이 녀석 왜 이렇게 난리야? 넌 어떻게 일주일이나 참았니?”

마르고가 불평을 터뜨렸다. 사실 일주일 동안 나는 전혀 힘들지 않았다. 돌봐 줄 사람 하나 없는 텅 빈 작은 집에서 고양이는 거의 죽을 뻔했다. 우리 집에 와서는 내가 주는 먹이를 다 먹더라. 낮에는 정원에 나가서 놀고, 내가 요양원에서 돌아올 시간에는 창가에 누워 나를 기다렸다. 껌딱지는 지난 과거를 묻고 앞으로 나아간 듯하다.

첫날 밤에는 내게 꼭 달라붙어 있어도 내버려 두었다.

“너 정말 못난이인 거 알아?”

나는 껌딱지의 볼품없는 머리를 긁어 주며 말했다.

우리는 요 며칠 동안 일종의 계약 관계로 살았다. 내가 먹이를 주면 껌딱지는 저녁마다 내 옆에 꼭 붙어 있다. 밤이 깊어지면 껌딱지가 온통 자리를 차지한다.

그런데 내가 그 계약을 깨는 중이다. 껌딱지가 우는 소리를 들으니 자기를 계속 데리고 있어 달라는 하소연인지 아니면 살고 싶은 마음을 주었다가 다시 캐리어에 가두는 나 같은 몹쓸 인간을 쫓아내려는 욕설인지 모르겠다.

준비에브 할머니는 의심스러운 눈초리로 문의 빗장쇠를 풀지도 않고 우리를 머리부터 발끝까지 훑어보았다. 우리 같은 여자아이들을 매일 보지는 않았던 게 확실하다. 찾아온 이유를 설명했더니 다행히 문을 열어 주었다. 할머니는 아이를 출산한 손녀를 만나러 갔다 왔노라고 말했다. 그리고 껌딱지가 그렇게 맹수처럼 포효하는데도 데리고 있겠다고 했다.

"여기로 온 게 기분이 좋지 않은가 봐요."

내 말에 할머니는 팔짱을 끼며 대답했다.

"그럴 만도 하지. 이런 데 갇혀 있는 걸 싫어해. 무서워하거든."

나도 싫었다. 껌딱지가 주인과 헤어진 걸 떠올릴 수 있는 장소로 다시 데려와서 마치 냉혈한이 된 기분이었다. 준비에브 할머니가 대꾸하지는 않았지만 캐리어를 들 때 분명 "쯧쯧" 혀 차는 소리가 들렸다.

"이 녀석이 살아 있을 거라고 생각지도 못했어. 밥도 안 먹고 빈집 주위를 어슬렁거리기만 했거든. 비올레트에게 걱정 끼치기 싫어서 잘 지낸다고 할 수밖에 없었지. 하지만 오래 못 살 거라는 게 빤히 보였어. 어느 날 아침엔가,

보이지 않길래 죽은 줄 알았지. 구석에 숨어서 거기서 죽은 줄로. 고양이는 슬픔에 잠겨 죽기도 하거든. 그래서 난 절대 고양이를 기르지 않아. 죽고 나면 너무 가슴 아프거든."

준비에브 할머니의 말에 가슴이 먹먹했다. 주인이 요양원으로 떠난 날 껌딱지도 죽는 게 나았을 거라는 말인가?

캐리어가 다시 조용해졌다. 껌딱지가 항복한 걸까? 아니면 캐리어를 열어 주기를 기다렸다가 멀리 달아나려는 것인지도.

"그래도 잘 돌봐 주실 거죠?"

준비에브 할머니가 뿔이 난 듯 나를 노려보았다.

"날 뭐로 보고 그래? 당연히 잘 돌봐야지. 비올레트에게 약속했으니 꼭 지킬 거야."

할머니의 밤색 눈에 슬픔이 어리더니 조금 더 차분한 목소리로 말했다.

"걱정되는 모양이군. 그럴 만하지. 이 어린놈이 주인과 헤어지는 걸 견디지 못하더라고. 주인을 얼마나 따른다고. 비올레트가 떠나니 이놈이 허전한 거야."

할머니는 입술을 깨물었다. 비올레트 할머니를 그리워하는 건 껌딱지뿐이 아닌 걸 알겠다. 준비에브 할머니도 아침에 커피를 마시며 수다 떨 친구를 빼앗겼다. 이상하게도 준비에브 할머니의 상태를 보니 안심되었다.

"플로랑 부인은 그렇게 멀리 계시지 않아요. 언제든지 만나러 가실 수 있어요."

할머니는 뒤로 한 발짝 물러섰다. 요양원에 간다는 게 썩 내키지 않는 눈치였다.

"그게 쉽지 않아. 버스도 타야 하고. 갈 길이 험난하다고. 게다가 이젠 달라졌잖아…….”

“맞아요. 예전 같지 않죠. 하지만 찾아오시면 플로랑 부인이 좋아하실 거예요. 한번 생각해 보세요.”

준비에브 할머니도 요양원에서 생을 마감하게 될까 봐 겁이 나는 걸까? 그러고 보니 나라면 어떨지 생각해 본 적이 없다. 살아왔던 날들을 모두 뒤로하고 요양원에 들어가야 한다면? 나는 노인들 곁에서 일하는 게 좋다. 노인들의 연약함에 마음이 쓰이기 때문이다. 그분들에게 도움이 된다는 느낌도 들고. 사람들이 내가 있어야 한다고 느끼는 게 내게는 중요하다. 작년에 어린이집 실습을 나갔을 때와는 완전히 다른 감정이다.

잠시도 가만있지 못하는 아이들, 귀가 찢어질 듯한 비명, 울음소리……. 그때는 온종일 아이들에게 조용히 하라고 부탁하는 게 일이었다. 사실은 아가리 좀 그만 닥치라고 소리치고 싶었지만. 이때 사실 나는 적지 않게 충격을 받았다. 내가 정상이 아닌가 보다고 생각했다. 동기들은 아이들과 지내는 걸 무척 좋아했다. “아이들 너무 귀엽다!”라고 감탄하고는 했다.

내가 형제자매 없이 외동으로 자라서 그런 걸까? 그건 잘 모르겠고 아무튼 한 가지는 확실했다. 혼돈의 어린이집보다 어른들의 불평불만이 더 견딜 만하다는 것.

“그만 가 봐야 할 것 같은데?”

마르고가 조바심을 내며 손가락으로 휴대전화를 타닥타닥 두드렸다. 할머니의 탄식이 이어지자 신경이 날카로워지기 시작한 것이다.

“알았어.”

마르고 말이 맞는다. 이제 가야 한다.

“그럼 들어들 가. 이 녀석은 집 안에 좀 풀어놔야겠어. 여기가 어딘지 알 수 있게. 다 잘될 거야.”

준비에브 할머니가 캐리어 손잡이를 쥐며 말했다. 할머니는 조금 전 고양이는 기르지 않겠다던 말은 다 잊어버린 모양이다.

‘다 잘될 거야.’ 이 말은 주삿바늘로 팔을 찌르기 전에 아프지 말라고 하는 말 아닌가? 하지만 아픔이 없다고 해서 병이 낫는 건 아니다. 통증을 느끼지 말라고 마취시킬 뿐, 마취에서 깨어나면 통증은 여전히 남아 있다.

나는 문을 닫는 준비에브 할머니를 바라보았다. 마르고는 내 옷소매를 잡아당겼다.

“가자, 빨리. 비장의 무기가 준비되어 있어. 감자 칩 먹으면서 영화 때리기! 그런 다음에 엄마 아빠 뒷담화하기. 최고의 오후를 보내자!”

나는 웃었다. 조금. 마르고는 내 팔짱을 끼며 말했다.

“왜 이래, 친구! 이번 주에 할 일은 다 했잖아. 그런 표정 짓지 마. 네 고양이 녀석은 잘 지낼 거야. 안전하잖아. 너는 최선을 다했으니까 그걸로 됐어. 이젠 네 문제가 아니야.”

마르고 말이 틀리지 않는다. 이건 상식의 문제다. 나는 해야 할 일을 했다. 나는 불안함을 뱃속 깊숙이 밀어 넣은 채 주머니에 주먹을 찔러 넣고 마르고 뒤를 따라갔다.

이제 더는 내 문제가 아니었다.

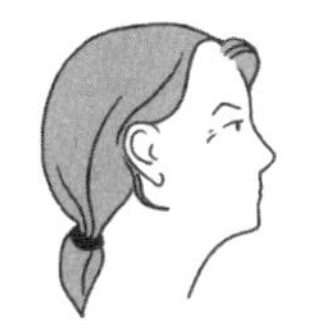

11. 둥근 식탁

오후가 다 갈 무렵 나는 식당으로 내려갔다. 교도소처럼 식사를 위해 매일 같은 시간에 모이는 큰 방을 거창하게 식당이라고 부른다. 아래로 내려간 건 아이에게 했던 약속 때문이지만 그게 그렇게 어려운 일이 될지는 미처 몰랐다.

우선 보행기를 써야 했다. 그때까지는 그 물건을 쓰지 않으려고 했건만.

"나 아직 불구 아니야!"

보행기를 사자고 하는 앙투안에게 했던 말이다. 그런데 결국 이렇게 되었다.

늙는다는 건 누구나 알지만, 그게 갑자기 닥칠 줄 누가 알까. 변화는 거의 느껴지지 않는다. 어느 날 아침, 전날까지만 해도 없었던 주름이 눈에 띈다. 뼈마디가 쑤시고 기름칠이 필요한 기계처럼 삐걱댄다. 노년은 음흉하게 찾아온다. 아들이 남자가 되었다는 걸 깨닫는 날 내 자신이 늙었다는 걸 알게 된다.

이제는 부정할 수 없다. 나는 거동을 거의 하지 못하고 이젠 집도 없다. 이 소독약 냄새 가득한 공간에서 생을 마감하려고 한다. 너무 흔한 이야기라 눈물이 날 지경이다. 내 삶은 좁은 방 하나로 축소되었고, 이곳 노인들은 내게 두려움을 준다. 나도 그들처럼 될까 봐 두렵다.

나는 둥근 식탁에 앉게 되었다. 저녁 6시였고 식기가 이미 놓여 있었으며 환자 대부분이 자리에 앉았다. 목에 냅킨을 두른 사람도 있었다. 저 사람은 여기서 주는 음식을 그렇게 먹고 싶을까?

"안녕하세요? 저는 폴레트 보송이에요."

오른쪽에 앉은 거대한 여자가 말을 걸어왔다.

내가 대꾸하지 않자 그 여자는 계속 말을 이었다.

"이쪽은 엘리자베트 그롤로와 드니즈 그롤로예요. 쌍둥이 자매랍니다."

그녀는 마치 내가 눈이라도 먼 사람처럼 굳이 설명했다.

"그리고 여기는 조르주 푸플라르와 알뱅 샤르보니에고요. 알뱅이 일흔여섯 살로, 여기서는 막내죠."

알뱅이라는 사람은 나와 눈을 마주치지도 않았다. 의자에 조금 파묻힌 것처럼 앉아서 빈 접시를 멍하니 바라보고 있었다.

"뇌졸중이에요."

폴레트가 속삭였다. 사람들에 대해 최대한 정확하게 소개해 주어야겠다고 마음이라도 먹었나 보다.

나는 입을 열지 말지 여전히 마음을 정하지 못했다. 무례하게 보이고 싶지 않았지만 말이 목구멍에 막혀 나오지 않았다. 식탁은 쥐 죽은 듯 조용했다. 모두 내 반응을 기다리는 것 같아 할 수 없이 목이 멘 소리로 입을 뗐다.

"저는 비올레트 플로랑이에요."

그러고는 냅킨 위에 손을 얹었다. 또 무슨 말을 해야 하지? 나를 전부 까발려야 하는 건 아니잖아!

"아주 아름다우시네요."

조르주 푸플라르가 나를 뚫어지게 바라보며 말했다.

식당에 들어섰을 때 내게 윙크했던 늙은이다. 그는 감탄하는 표정으로 나를 바라봤다. 내 생각이 틀리지 않았다면 내게 추파를 던지는 것이다. 갑자기 얼굴이 화끈 달아올랐다. 난생처음 남자에게서 칭찬을 들은 사춘기 소녀처럼! 그는 틀니를 드러내며 활짝 웃었다. 나는 쏟아져 나오려는 욕설을 겨우 참았다.

"생년월일 좀 알려 주시겠어요?"

그가 이렇게 무례하게 나올 줄은 미처 몰랐다. 그런데 워낙 순진하게 물어서 매정하게 굴 수도 없었다. 폴레트가 난처해하는 나를 보고는 나섰다.

"조르주, 여자에게 나이를 묻는 게 신사답다고 생각해요? 예절을 지키셔야지!"

하지만 조르주는 이미 작은 수첩을 꺼냈고 물러설 기미가 보이지 않았다.

"그게 저 사람 기벽이에요. 우리 생일을 다 알고 있다니까요. 아마 답하는 게 좋을걸요. 그렇지 않으면 조르주가 상심할 거예요. (그리고 더 낮은 목소리로) 알려 주기 싫으면 거짓말해도 돼요."

이 말에 내 안에 있던 빗장이 풀리는 느낌이었다. 우울했던 기분과 다른 사람들에게 신경 쓰지 않겠다는 결심에 금이 가기 시작했다. 이상하게도 내가 삐친 아이처럼 느껴졌다. 그런 모습이 우스꽝스러웠다. 약간 망설이고 있는데 요양사가 나타났다.

"애피타이저로는 푸른 채소로 만든 수프가 준비되었고요. 본식으로는 얇게 저민 닭고기와 감자 퓌레, 디저트로는 과일을 곁들인 요거트, 그리고 플랑이 나올 거예요."

요양사는 마치 근사한 레스토랑의 메뉴를 읊는 것처럼 말했다.

식사는 전체적으로 씹기 쉬운 음식으로 구성되어 있었다. 폴레트는 먹성 좋은 톤으로 혹시 디저트를 추가 주문할 수 있는지 물었다.

조금 전 내 생각이 틀렸다. 이곳은 교도소가 아니라 학교 식당 같은 곳이었다. 초등학교 급식소.

식사는 이렇게 천진난만한 분위기 속에서 이루어졌다. 쌍둥이 자매는, 한 명이 말을 시작하면 나머지 한 명이 말을 끝낼 정도로 죽이 맞으면서도 옥신각신했다. 조르주는 알뱅을 돌봤다. 릴리가 알뱅에게 요거트를 먹이는 동안 조르주는 못 할 줄 뻔히 알면서도 알뱅을 대화에 참여시키려 했다. 폴레트는 요양원에서 지낼 때 필요한 작은 팁들을 꼭 가르쳐 주고 싶어 했다. 내 마음을 편하게 해 주려는 배려로 느껴졌다.

밥을 먹는 동안 나는 별다른 말을 하지 않았다. 식사가 끝나기를 기다린 뒤 웃음기 뺀 목소리로 말했다.

"푸플라르 씨, 제 생일은 1933년 2월 25일이에요. 똑같은 질문을 당신에게 하지는 않겠지만 저보다는 훨씬 나이가 많아 보이시네요."

푸플라르 씨만 빼고 식탁에 둘러앉은 모든 사람이 웃음을 터뜨렸다. 푸플라르 씨는 수첩을 꺼내서 눈을 반짝이며 내 생일을 정성껏 적었다. 주름 가득한 얼굴에서 그런 빛을 보는 게 신기했다.

나는 멍한 상태로 방에 돌아왔다. 이 나이에는 놀랄 일도 없으리라고 생각했는데 그렇지 않았다. 방금 사람들과 보낸 시간이 그리 지루하지도, 힘들지도, 당황스럽지도 않아서 깜짝 놀랐다.

사실 조금 좋았던 것 같다.

12. 우울 모드

이틀 전부터 요양원은 야단법석이었다. 요양사 한 명과 간호사 한 명이 몸이 아파 결근했지만 대신 근무할 사람이 없었다. 그러다 보니 잠시도 쉴 틈이 없었다. 릴리는 아침부터 나를 구석에 데려가 일장 연설을 했다.

"네가 여기 실습생으로 와 있는 건 알지만 지금 상황이 힘들어. 그래서 너한테 신경 쓸 시간이 없거든. 너도 우리를 많이 도와줘야 해."

릴리는 눈 밑이 거무스름하고 긴장한 듯 보였다. 안경을 밀어 올리며 내 반응을 살폈다. 나는 전매특허인 부메랑 웃음을 날렸다.

"제가 뭘 하면 될까요?"

릴리도 내 미소에 답했다. 긴장이 풀린 모습이었다.

"고마워. 우리 전부 지칠 대로 지쳤거든. 지원군이 필요해. 요양사 양성학교 실습생이 올 건데 열심히 해 주길 바라야지. 사람을 더 쓸 돈은 없거든. 모두 힘을 합치면 이겨 낼 수 있을 거야."

나는 릴리를 따라 2층으로 올라가서 식사를 나눠 주었다. 그러고 나서 환자 6명을 씻기는 걸 도왔다. 한 사람당 15분을 넘지 않았다. 샤워는 며칠 미룰 수밖에 없었다.

"아픈 직원들이 주말까지는 다 나아서 돌아와야 할 텐데 말이야. 그렇지 않으면 방문객이 있는 환자들만 먼저 씻겨야 할 거야."

나는 아무 대꾸도 할 수 없었다. 릴리에게서 그런 말을 듣다니 믿어지지 않았다. 밖에 내보일 노인들만 샤워를 시킨다고? 방에서 나오지 않을 노인들은 지린내가 나도 상관없다는 말인가?

오전 내내 분주하게 뛰어다닌 뒤에야 릴리는 그저 나에게 가르쳐 주려고 했다는 걸 깨달았다. 이것이 바로 현실이라는 걸.

때로는 있는 걸로 꾸려 나가야 한다는 걸. 인력은 항상 부족하고 할 일은 그만큼 많다는 걸 배우지 않아도 알겠더라.

오늘 아침 폴레트 할머니가 좀 창백했다. 할머니는 평소처럼 농담을 던졌지만 영혼이 없었다. 옷 입는 걸 도우면서 몸 상태가 어떤지 물었다. "아주 좋지" 하고 할머니는 불룩한 배를 툭툭 두드리며 대답했다. 하지만 내게 과자를 건네지 않았다. 그것만 봐도 뭔가 이상했다. 지난번에는 할머니가 쿠키를 건네면서 어찌나 좋아하는지 차마 거절하지 못했다. 눅눅한 쿠키를 입에 넣자마자 얼마나 후회했던지! '뭐, 죽지는 않겠지' 하고 할머니에게 가식의 감사 인사를 하며 생각했다. 하지만 쉬는 시간까지 비누 냄새가 입안에서 떠나질 않았던 걸 보면 그 쿠키는 분명 유통기한이 지나도 한참 지났을 것이다. 이젠 환자 중 누군가가 '단 것'을 건네면 나는 "오, 감사합니다!"라고 말하고 주머니에 곧장 쑤셔 넣는다.

그런데 오늘은 쿠키가 없었다. 서둘러 세수를 마치고 다음 방으로 가려는데 뭔가 찜찜한 느낌을 지울 수 없었다. 귀에 벌레라도 들어간 느낌이었지만 곧 잊어버리고 말았다. 오늘은 온종일 바빴다. 푸플라르 할아버지와 몇

마디 나눌 시간도 없었고, 그롤로 쌍둥이 할머니들이 모든 것, 그리고 특히 나에 대해 불평불만을 터뜨리는 걸 들어줄 시간도 없었다. 머릿속에 해야 할 일들이 잔뜩 밀려 있어 대화를 나눌 여유가 없었다.

저녁이 되니 근무 시간을 훨씬 초과했지만 아무 말도 할 수 없었다. 교대 시간이 되었을 때 팀원 전체가 녹초가 되었다. 근무 시간이 열 시간이나 되었지만 먼저 퇴근하겠다고 말하는 사람은 아무도 없었다. 그러니 내가 어떻게 불평할 수 있을까?

집에 돌아왔을 때는 아빠에게 겨우 인사만 건넸다.

"늦었네."

아빠는 걱정스러운 눈빛으로 나를 안아 주며 말했다.

"아냐, 괜찮아."

얼마나 지쳤는지 아빠한테 말하고 싶지 않았다. 그 기회를 놓치지 않고 아빠가 "그러니까 아빠가 말했었지?"라고 나서면 미쳐 버릴 것 같았다.

하지만 이번 실습이 시작되고 처음으로 어쩌면 아빠 말이 맞았을지도 모른다는 생각이 스쳤다. 다리는 무겁고 발은 퉁퉁 부었고 몸은 피곤했는데도 도무지 잠이 오지 않았다. 이렇게 계속 버틸 수 있을까? 엄마가 있었다면 오늘 하루를 다 얘기했을 텐데. 그러면 엄마는 날 위로해 주었을 텐데. 엄마가 두 팔을 벌리면 난 어렸을 때처럼 엄마 품에 쏙 안겼을 텐데. 울고 싶었다.

껌딱지가 같이 있었다면 그르렁 소리로 내 귀를 쓰다듬어 줬을 텐데. 그럼 덜 외로웠을 텐데.

'준비에브 할머니에게 연락해서 껌딱지 소식 좀 들어야겠다'라고 생각하면서 나는 꿈도 찾아오지 않는 잠으로 빠져들었다.

그 뒤로도 며칠 동안 온종일 고되었다. 이제 걷는 건 과거일 뿐. 나는 이제 사방을 뛰어다닌다. 비올레트 할머니 방에 들어가자 할머니가 혼자 서 있었다. 욕실에서 혼자 걸어 나오는 걸 보니 요양원에 온 이래로 몸 상태가 가장 좋아 보였다.

“오늘 예쁘게 차려입으셨네요!”

할머니는 큰 꽃무늬가 있는 스커트와 그에 어울리는 엷은 보라색 카디건을 입고 있었다.

“그래…… 여기서 지낸다고 아무렇게나 하고 있고 싶지는 않아. 늙었다고 꾸미지 않아도 된다는 건 아니니까.”

할머니가 웃으니 얼굴에 주름이 더 생겼다. 할머니는 목걸이를 만지작거렸다. 이 할머니, 정말 마음에 든다! 고양이 사건 이후 할머니와 특별한 관계가 된 느낌이다. 할머니는 힘든 시기를 보냈어도 용기를 잃지 않았다. 그건 틀림없었다. 할머니에게서는 알 수 없는 힘이 느껴진다. 어딘지는 정확히 알 수 없지만 내면에서 우러나오는 힘이 있다. 삶이 할머니를 힘들게 했을지라도 할머니는 절대 항복하지 않았을 거다. 왠지 할머니를 놀리고 싶어졌다.

“조르주 할아버지한테 잘 보이시려는 거죠?”

“조르주? 조르주 푸플라르? 설마 농담이지?”

할머니는 볼이 빨개진 채 화난 투로 말했다. 아이고, 웃겨라. 나는 침대 시트를 걷으며 농담을 계속했다.

“할아버지가 할머니를 어떻게 바라보는지 못 보셨어요? 할아버지 맘을 확 낚아채셨다니까요!"

"설상가상이로군. 그 사람이 나보다 얼마나 나이가 많은데?"

"할아버지 미남이잖아요."

비올레트 할머니가 의자에 앉아 깔깔댄다.

"이런, 푸플라르 씨가 미남이라는 건 인정해야겠구나. 웃을 때 보면 틀니가 아니라 진짜 이 같다니까!"

우리는 배꼽을 잡고 웃었다. 나는 카트에서 깨끗한 베갯잇을 꺼내며 웃음을 참아 보려 했다. 서둘러야지. 아직 할 일이 태산이다.

"머리에 정성을 많이 들이더군. 그런데 더 나이 들어 보여."

침착함을 되찾은 할머니가 말했다.

오늘은 갈색 가발을 하고 왔다. 컬도 없고 앞머리도 없는 올림머리 가발이다. 나는 침대 시트를 잡아당기며 설명했다.

"어른처럼 보이고 싶을 때 하는 머리예요."

할머니가 다음 설명을 기다리는 게 보였다. 할머니는 나를 뚫어지게 바라봤다. 시간이 있다면 다 말씀드릴 텐데. 아무한테도 털어놓지 못한 일까지도 말이다.

아주 잠깐 다음 말이 날숨과 함께 나올 것 같았지만 결국 나는 입을 다물었다. 손바닥으로 시트를 펴고 편치 않은 마음으로 문으로 향했다.

"그럼 이따가 또 뵈어요."

나는 거짓말한다는 생각을 애써 피했다. 오늘 일과로 봐서는 이 방에 다시 올 일은 없었다. 할머니는 윙크로 대답을 대신했고 나는 창밖 철길로 시선을 돌리며 그대로 방을 나왔다.

파트리시아가 당직인 날이어서 나도 그녀의 속도를 따라가려 애썼다. 파트리시아는 탱크처럼 저돌적으로 일한다. 움직이는 동안 내 머릿속에서는 온갖 질문이 멈출 줄 모르고 끓어오른다. 파트리시아는 이런 게 다 정상이라고 생각하는 걸까? 자신을 항상 다그치는 게? 왜 환자들과 말을 섞으면 안 될까? 환자들도 사람 아닌가? 그냥 방문에 적힌 번호일 뿐이라는 건가? 그리고 나는 왜 이 직업 세계에서 내 자리를 찾을 수 있다고 생각한 걸까?

파트리시아는 아무런 의식이 없다. 빠르고 실용적이고 능률적으로 앞으로 나아가기만 한다.

"빨리빨리! 넌 너무 느려 터졌어!"

항상 이 말뿐이다. 나는 파트리시아에게 물어보지 않았다. 내 질문들을 이해하지 못할 거다. 의구심을 가져 본 적도 없을 거다. 파트리시아를 온종일 따라다니다 보니 우울 모드가 되었다. 완전한 우울.

갈색 가발을 썼지만 내가 더 어른스러워지거나 지혜로워졌다고 느껴지지 않았다. 내일은 파란색을 쓸까 보다.

로맹을 만난 건 이렇게 내 신세를 한탄하던 바로 그 순간이었다. 더 정확하게 말하자면 내가 로맹을 들이받은 순간이었다. 교대실에 서둘러 들어가려는데 로맹이 문 뒤에 서 있던 것이다. 나는 문을 활짝 열었고 그의 품으로 튕겨 들어가다시피 했다.

"조심 좀 할까?"

파트리시아가 등 뒤에서 한숨을 쉬었다.

방에 있던 간호사들도 웃음을 터뜨렸다. 로맹을 외계인 보듯 바라보는 내 모습이 바보 같았을 거다. 사실 나는 그 자리에 얼어붙었다. 키가 180이

나 되는 나는 같은 반 남자아이들과 비교해도 결코 작지 않다. 나보다 몇 센티미터나 작은 녀석들도 있다. 그런데 조금 전 부드러운 가슴과 정면으로 충돌한 것이다. 또 고개를 한참 들어 올려 그를 쳐다봐야 했다.

이 남자는 2미터는 족히 되어 보였다. 몸 관리에 약간 소홀한 럭비 선수처럼 풍채가 좋았다. 셔츠가 꽉 끼어서 단추가 겨우 잠길 정도다.

"어디 다쳤어?"

그는 손으로 머리를 쓰다듬으며 그렇지 않아도 헝클어진 머리를 더 헝클어뜨렸다. 그는 내가 달려든 것이 자기 잘못이라도 되는 양 안절부절못했다. 나는 미안했지만 거만한 말투로 대꾸했다.

"난 괜찮아. 넌 왜 문 뒤에 서 있는 거야?"

로맹은 어린아이처럼 얼굴이 새빨개지더니 서둘러 뒤로 물러났다. 그런 반응을 보자 다그치는 내가 바보스럽고 변명도 하지 않는 로맹이 원망스러웠다. 마음이 편치 않을 때 나는 생각과 완전히 다른 말을 내뱉는다.

마르고 말처럼 나는 머릿속이 복잡한 애다. 때로는 내 생각을 읽어 낼 암호 해독기가 필요하다.

13. 사고

중노동에 시달린 지 닷새째가 되니 더는 못하겠다. 아프다던 요양사가 다시 출근했지만 간호사는 아예 휴직을 했다. 나는 원더우먼이라도 된 것 같았다. 슈퍼 히어로의 자질은 전혀 없는데 말이다. 달아나는 시간을 좇아 전속력으로 달리고 매일 밤 침대에 쓰러지기 일쑤다. 그리고 매일 아침 아무 일 없었다는 듯 똑같은 하루를 시작해야 한다. 이제 나는 정식 요양사들이 하는 업무에 모두 함께한다.

"너도 곧 적응할 거야."

탈의실 의자에 주저앉아 퉁퉁 부은 발을 주무르고 있는데 파트리시아가 말했다. 파트리시아는 사람들을 위로하는 데 참 재주가 있다.

다행히 웃음은 사라지지 않았다. 나는 피곤해도, 특히 피곤해 죽겠을 때 웃음을 더 가득 나눠 주었다. 웃음이야말로 시간을 잃지 않고 나눠 줄 수 있는 유일한 것이다.

환자들, 특히 비올레트 할머니와의 대화가 그립다. 할머니는 이제 방에만 틀어박혀 지내지 않는다. 친구들과 함께 식사한다. 옷도 더 신경 써서 고르고 머리도 정성껏 만진다. 멋쟁이 할머니 클럽에 가입한 거다. 화요일이 되면 미용사가 방문해서 샴푸, 커트, 드라이를 해 주는데, 대기하는 할머니들의 수다가 장난이 아니다. 비올레트 할머니가 고비를 넘겨서 다행이다.

어른처럼 일하기 시작하면서 나는 많은 걸 배웠다. 오늘은 처음으로 욕을 들었다. 깨울 때마다 화를 내는 할머니가 있다고 릴리가 미리 말해 주었다. 나는 노크를 하고 방으로 들어가 불을 켰다. 여기까지는 별다를 게 없었다. 블라인드를 올리며 "베르니에 부인, 안녕하세요?"라고 인사를 하니 시원한 따귀 한 방 같은 할머니의 대꾸가 날아들었다.

"이 망할 년, 여기서 뭐 해?"

나는 뭐라고 할지 몰랐다. 할머니는 나를 녹다운시켰다. 다른 사람이었다면 반격했겠지만 받은 충격이 얼마나 컸던지 헛웃음이 나왔다. 마치 어른이 날리는 육두문자를 처음 들은 어린아이처럼 바보같이 웃었다.

할머니는 성을 냈다. 내가 자기를 완전히 무시한다느니, 자기를 뭐로 보냐느니, 나는 나쁜 년이라느니, 입 다물지 않으면 귀싸대기를 날릴 거라느니 하면서 말이다.

정신이 확 들었다. 나는 웃음을 겨우 참았다. 할머니가 소리를 지르자 릴리가 들어왔다. 릴리는 무슨 일이 일어난 건지 금세 눈치챘다.

"베르니에 부인, 우리 어린 실습생에게 그렇게 말씀하시면 안 돼요. 보세요, 얼마나 떨고 있는지."

그러자 할머니는 진정하고 반짝거리는 눈으로 나를 바라봤다. 할머니가 제정신이 아니라는 건 알지만 할머니도 분명 웃고 있었다.

"카퓌신, 내가 할머니를 돌볼 테니까 넌 바닥 좀 쓸어."

나는 거부하지 않았다. 그게 가능하다고 생각한 적도 없고, 청소하는 게 더 좋을 지경이었다.

방을 나오자 릴리가 위로해 주었다. 이런 일이 자주 있다고.

“너 때문이라고 생각하지 마. 절대. 개인적인 감정이 있어서 그런 게 아니야. 나이가 들면 몸만 상하는 게 아니란다.”

근무하는 동안 릴리의 말을 곱씹었다. 나도 늙으면 고약한 할머니가 될까? 이 얘기를 하면 아빠가 또 “내가 뭐라고 하든?”이라고 말을 꺼내겠지? 결국 나는 긴 머리를 쓰다듬으며 다음에 환자가 욕을 하면 욕도 통과 못할 방패 웃음을 띠어야겠다고 결심했다. 기술만 연마하면 될 일이다.

근무를 시작한 아침, 심각한 일이 벌어졌다. 전속력으로 벽에 충돌한 것 같은 사건.

폴레트 할머니 방에 막 들어갔을 때였다. 릴리가 오늘은 샤워하는 날이니까 가서 할머니를 깨우라고 했다. 나는 불을 켜고 창가로 다가갔다. 그때 바닥에서 시트로 감아 놓은, 형태를 알 수 없는 무언가가 보였다.

그것은 침대에서 떨어진 할머니였다. 할머니는 움직임이 없었다.

“할머니! 할머니! 제 말 들리세요?”

당황한 나는 할머니의 하얀 살에 손을 대 보았다. 살은 차가웠지만 목에서 맥박이 뛰는 걸 느꼈다. 나는 침착하고 냉정해졌다. 학교에서 배웠던 응급처치들이 한꺼번에 떠올랐다. 나는 할머니에게 계속 말을 걸었다. “할머니, 저예요. 눈 좀 떠 보세요!”라고 말하면서 비상벨을 눌렀다. 그런 다음에 할머니의 왼쪽 다리를 잡아 끌어 옆으로 돌려 눕히고 담요를 덮었다.

“할머니, 저 여기 있어요. 걱정하지 마세요. 이제 일어나셔야죠.”

할머니의 눈썹이 떨렸다. 의식을 찾은 것 같았는데 아니었다. 파트리시아가 방에 들어서더니 단박에 상황을 파악했다. 맥박을 확인하더니 나더러 간호사를 데려오라고 시켰다.

"들것 가져오라고 해."

나는 복도로 뛰어나갔다. 이후 모든 것이 매우 급하게 돌아갔다. 구급대원들이 할머니를 병원으로 이송했다.

다시 오전에 할 일을 해야 했지만 모든 게 예전 같지 않았다.

20분 전에 나는 도착선에 닿기 위해 전속력으로 달렸다. 그런데 지금은 슬로우 모션으로 움직이고 있다. 영혼이 몸에서 탈출한 것 같다. 탈선했지만 아무도 상관하지 않는다.

파트리시아와 방을 돌았다. 사고 이후 파트리시아가 한 말은 이것뿐이었다.

"침대 난간이 내려가 있었다니 이상하네."

"화장실에 가려고 내리셨겠죠."

"그래, 그럴 거야."

이렇게 말하면서도 파트리시아는 믿지 않는 눈치였다.

비올레트 할머니가 소식을 묻자 파트리시아가 대답했다.

"지금은 아무것도 몰라요. 검사를 받아야 하거든요. 그런데 응급실에서 워낙 많이 기다려야 해서요."

파트리시아의 목소리는 기차역에서나 들을 법한, 감정이 전혀 없는 목소리였다. 그런 일이 있었는데도 충격받지 않았나 보다. 걱정하는 기미도 없다. 내 머릿속에서는 폴레트 할머니가 못 돌아올지도 모른다는 생각이 떠나지 않았다. 나도 언젠가는 파트리시아처럼 환자를 잃는 데 익숙해져서 아무것도 느끼지 못할까?

침대에 앉아 있는 비올레트 할머니는 유난히 작아 보였다. 아침 식사는 손도 대지 않았다.

"다 괜찮을 거예요."

나는 할머니를 안심시키고 싶었다. 오지랖은……. 나는 바삐 움직이며 '이제는 거짓말이 술술 나오네!', '바닥에 의식을 잃고 쓰러질 정도면 문제가 없을 리 없잖아!' 라고 생각했다.

비올레트 할머니는 그릇으로 시선을 옮겼다.

"걱정 마. 폴레트는 잘 이겨 낼 테니. 우린 보기보다 튼튼하거든."

할머니가 씩씩하게 웃으며 말했다. 할머니가 나를 안심시키려고 하는구나! 그래서 나도 보탰다.

"물론이죠. 폴레트 할머니는 전사인걸요!"

믿는 척하면 진짜가 될까? 방을 나오는데 입안이 끈적끈적했다. 토할 것 같았다. 비올레트 할머니가 "이겨 낼 거야"라고 말하자 잊고 있던 기억이 되살아났다.

사고 직후의 일이다. 나는 이틀 동안 코마 상태였다. 눈을 뜨려고 얼마나 애를 썼던지 떠진 눈은 힘들어 이내 감기고 말았다.

아빠는 의료진을 불렀다. 나를 가운데 두고 사람들이 바쁘게 움직였다. 마치 대사가 없는 영화를 보는 느낌이었다. 소리는 들렸지만 그 소리가 무슨 뜻인지 알 수 없었다. 그 뒤에, 한참 뒤에야 정신이 들었다. 심한 갈증에 목이 타들어 갔다. 내가 신음하자 의자에서 잠들었던 아빠가 벌떡 일어났다.

나는 눈짓으로 머리맡에 놓인 유리잔을 가리켰고, 아빠는 빨대를 입에 물려 주었다. 시원한 액체가 목구멍을 타고 내려갔다. 물이 그렇게 맛있었던 적은 없었다.

베개에 고개를 다시 내려놓고 나서야 극심한 통증을 느꼈다. 그제야 모든 기억이 되살아났다.

차 안에서 일어난 싸움.

엄마의 고함.

아빠의 굳은 얼굴.

그리고 충격.

그제야 엄마가 병실에 없다는 걸 깨달았다. 커피 마시러 갔나?

"엄마는?"

내 목소리는 숨소리보다 조금 클 뿐이었다. 아빠는 내 시선을 피하며 얼버무렸다.

"어, 엄마는……."

아빠는 천천히 내게 다가왔다. 입술이 들썩거렸지만 아무 말도 나오지 않았다. 설명할 수 없는 걸 말해 줄 단어를 찾지 못했다. 내 입에서는 '끄응' 하는 신음이 터져 나왔고 이어 비명이 병실의 침묵을 갈라놓았다.

"안 돼. 안 돼. 안 돼!"

그건 현실 같지 않았다. 현실이 될 수 없었다. 심장이 가슴 밖으로 튀어나올 것 같았다. 의사들은 심장이 하나의 덩어리라고 했지만 나는 심장이 산산조각으로 터지는 것 같았다. 정말 찢어지는 것처럼 느낌이 생생했다. 고통으로 머리가 터질 듯 뜨거워지더니 기절하고 말았다.

깨어났을 때 아빠는 여전히 내 옆을 지키고 있었다. 아빠는 내 안색을 살폈다. 눈을 똑바로 바라보는 것이 마치 낭떠러지에서 굴러떨어진 나를 끄집어내고 싶어 하는 눈빛이었다.

아빠는 내 손을 잡고 속삭였다. "걱정 마, 내 딸. 아빠가 여기 있으니까. 다 잘될 거야."

머릿속에 불분명한 감정들이 서로 부딪쳤다. 나는 충격받은 상태였다. 엄마를 잃은 슬픔에 파묻혔다. 내 앞에 열린 세상, 엄마가 없는 세상을 나는 원하지 않았다. 그런데 한편으로는 독약보다 더 독하고 더러운 생각이 떠올랐다.

싸움을 건 장본인은 아빠였다. 엄마 탓을 하면서 엄마의 신경을 건드렸다. 싸우는 목소리는 점점 커졌고 아빠는 전속력으로 페달을 밟았다. 사고를 일으킨 건 아빠였다.

내가 어떻게 된 거냐고 묻자 아빠는 앞서 달리던 트럭에서 떨어진 기름 때문에 차가 미끄러졌다고 말했다. 하지만 나는 진실을 알고 있었다. 아빠가 더 주의를 기울였다면, 엄마한테 시비를 걸지 않았다면, 통제력을 잃지 않았다면, 엄마도 죽지 않았을 것이다.

생각은 확신으로 변했고, 끓어오르는 용암보다 더 뜨거운 분노가 온몸을 휘감았다. 나는 창가로 고개를 돌리며 아빠 손에서 내 손을 뺐다. 그리고 낮은 목소리로 말했다.

"아빠 때문에 아프잖아."

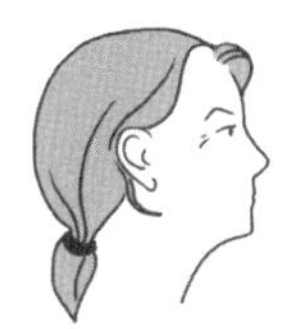

14. 가장행렬

어제저녁 폴레트가 돌아왔다. 응급실에서 담요 한 장만 덮고 간이침대에 누워 몇 시간이나 벌벌 떨다가 왔다고 했다. 오늘 아침 방에 찾아갔더니 팔과 얼굴 한쪽이 무지개처럼 휘황찬란했다. 푸르고, 노랗고, 벌건 것이 보기 흉측했다. 이마에는 메추리알만 한 큰 혹이 솟아 있었다. 앙투안이 어렸을 때 이후로는 본 적 없는 광경이었다. 나는 의자에 앉았다.

"이번에 제대로 사고 쳤어."

"어쩌겠어. 내가 원래 스턴트맨 기질이 있거든."

웃는 폴레트의 입술이 부어 있었다. 웃느라 아픈지 얼굴을 찡그렸다.

"화장실 가려고 일어나다가 그만. 썩은 감자처럼 나뒹굴었지."

재미있어하는 척했지만 혼자 화장실도 못 가는 신세가 되는 게 뭐 그리 재미있을까? 나는 속내를 털어놓았다.

"나도 한두 번 넘어진 게 아니야. 아무한테도 말을 안 해서 그렇지. 두 다리로 설 힘이 없다는 게 무슨 부끄러운 비밀이라도 되는 양 말이야."

우리는 눈빛을 교환했다. 내가 이곳에 도착한 순간부터 지금 이 순간 사이에 우리는 친구 비슷한 것이 되었구나 싶었다. 처음에는 폴레트가 늘 들떠 있어서 부담스러웠다. 하지만 요양원에서 시간이 천천히 흐르듯이 나도 조금씩 식사 시간을 기다리게 되었다. 폴레트, 그리고 모두를 다시 만날 시간을.

나는 폴레트를 바라보았다. 온전한 데 없는 자그마한 할머니. 그게 나일 수도 있다. 우리 중 그 누구일 수도 있었다.

멍해 있는 나를 폴레트가 깨웠다.

“가서 노인네들하고 밥이나 먹어.”

나는 금방 다녀오겠다고 말하고는 방을 나왔다.

폴레트가 무슨 생각이 들었을까 하는 생각이 뾰족한 가시처럼 뇌리에 박혀 떠나지 않았다. 소름이 끼칠 정도로 무서웠다.

식당에 내려왔지만 식사는 생각보다 우울했다. 폴레트의 빈자리를 메우려고 의자를 이동시켰지만 소용없었다. 폴레트는 우리 그룹의 핵심이었다. 폴레트가 없으니 조르주의 농담도 재미없어졌고 쌍둥이 자매의 수다도 싫증났다.

이번 주에 직원들 분위기가 좋지 않았다는 말이 나왔다. 직원들은 눈코 뜰 새 없이 바빴다. 요양원이 제대로 돌아가게 하려고 똥줄 빠지게 움직였다. 그러면서도 우리가 눈치채지 못할 거라고 믿은 듯하다.

사육제의 마지막 날이 다가오니 이웃 초등학교 학생들과 행렬에 참여할 수 있도록 의상을 만들 거란다. 웬 엉뚱한 생각! 이번 일을 맡은 카퓌신에게 물었다.

“노인들을 젊은이들과 어울리게 하는 일이 자주 있나?”

카퓌신은 진지하게 말했다.

“세대 간 소통의 자리를 마련하려는 거예요.”

새로 온 요양사도 있었다. 로맹이라던가? 로맹도 이번 일을 맡았다. 체격이 크고 약간 통통한 젊은이인데, 어떤 상황에서도 침착함을 잃지 않을 것처럼 생겼다.

처음에 나는 안 한다고 했다. 1층에 크게 포스터가 붙었다. 누렇게 변하기 시작한 크리스마스 사진 옆자리였다.

> 가장행렬을 준비하러 오세요!
>
> 바느질, 뜨개질, DIY 등 손재주가 있는 모든 분을 환영합니다.
>
> 월요일부터 금요일까지 오후 4시에서 5시 30분까지 식당에서 만나요!

별다를 건 없었다. 치매 노인들이 여기저기 구멍 뚫린 스웨터를 짜면서 수다나 떠는 광경이 안 봐도 그려졌다. 거기에 내가 끼다니 안될 말이지. 카퀴신은 점심시간에 테이블 사이를 돌아다녔다. 행사 참여를 유도하라는 지시를 받은 것 같다.

"진짜 좋을 거예요. 모두 재미있는 시간을 보낼 수 있을 거예요. 애들이랑 행렬을 꼭 해야 하는 건 아니고요. 의상 만드는 것만 하셔도 돼요."

나는 아무 말 없이 카퀴신을 관찰했다. 좀 과장하는 게 아닌가 싶었다. 엘리자베트가 생각에 잠긴 걸 보니 관심 있나 보다.

"재미있을 수도 있잖아."

"재미?"

드니즈가 기겁을 했다.

"보청기에 대고 소리를 고래고래 지르는 애들하고? 퍽이나!"

나는 드니즈 말에 동감한다며 고개를 끄덕였다. 카퀴신은 그래도 기죽지 않았다.

"비올레트 할머니! 그냥 물러나시는 거 아니죠? 할머니는 초등학교 선생님 아니었어요? 어린애들 몇 명에 기겁하시는 거 아니죠?"

흠…… 배신자! 카퀴신은 내가 자기편을 들어주길 바랐다.

나는 투덜거렸다.

"괴물들의 행렬이 되겠군."

카퀴신은 양손을 허리에 올렸다. 내 말에 반대하려나 보다 싶었는데 그게 아니었다.

"와! 할머니는 천재예요, 천재! 괴물을 주제로 의상을 만들면 되겠어요."

그러자 모두가 좋아하는 것 같았다.

"변장을 거의 안 해도 될 사람도 있을걸?"

조르주 푸플라르가 넌지시 말했다. 이제는 나도 그의 농담 반 진담 반 말투를 알아듣기 시작했다.

이날부터 가장행렬은 요양원의 유일한 대화 주제가 되었다. 환자 대부분이 의상 준비반에 등록했다. 늘 축 늘어져 휠체어에 앉아 있는 알뱅까지도 말이다.

"손재주가 없어도 괜찮아요. 팀의 사기를 북돋워 주시면 되니까요."

카퀴신이 이렇게 말하자 사람들의 관심은 더 커졌고 결국 가장행렬이 올해의 행사가 되고 말았다. 이렇게 해서 나도 한배를 타게 된 것이다.

15. 68운동

할머니들과 할아버지들은 매우 흥분 상태다. 원장이 내게 가장행렬 의상 준비반을 맡겼을 때 나는 '의자에 두 시간이나 편안히 앉아 있을 수 있겠는걸?' 이라고 생각했다. 하지만 그건 나의 착각이었다.

첫날에는 의상 재료(털실, 천 등)와 아이디어를 짜는 데 도움이 될 의상 카탈로그를 가져갔다. 할머니들은 페이지를 넘길 때마다 탄성을 지르며 아이들이 좋아할 만한 의상을 찾았다. 할아버지들은 참견하기를 좋아하면서도 늘 딴지를 걸었다. 그러다 보니 난장판이었다. 어린이집 아이들보다 더 소리를 지르고 난리법석이었다. 로맹이 끼어들지 않았다면 아직도 의상을 고르는 중이었을 거다.

나는 로맹과 짝이 됐다는 얘기를 듣고는 언짢았다.

로맹은 너무 크고, 너무 뚱뚱하고, 너무 착했다. 너무한 거투성이다. 게다가 나는 사고 이후로 사람들과 도통 어울리지 못한다. 마르고를 처음 집에 데려갔던 날 아빠가 "어서 와. 만나서 반갑다. 카퓌신이 친구는 아무도 안 데려왔는데. 그때 이후로……"라고 말할 정도였다. 아빠한테 소개를 못한 건 소개할 친구가 아무도 없었기 때문이다. SNS 친구들은 있었지만 그 친구들은 아무것도 아니다. 학교에서도 안녕! 잘 가! 인사만 나누는 친구들만 있었다. 한 여자애랑 친구가 되려고 했다가 실패한 적도 있다.

도서관 옆에 있는 공원에 함께 갔었는데, 한 5분쯤 뒤에 그 애가 아무렇지도 않은 목소리로 왜 가발을 쓰고 다니냐고 물었다.

"멋 부리려고 그런 거야? 아니면 더 우울해 보이려고 그러는 거야?"

그 애는 내가 할 말을 미리 음미하기라도 하는 듯 식탐 가득한 표정이었다.

이 일이 있고 난 뒤에는 사람을 믿지 않는 편이다. 경계를 푸는 건 노인들 앞에서뿐이다. 내게 아무것도 묻지 않으니까. 예의 때문인지 아니면 내가 말하고 싶어 하지 않는다고 생각해서인지는 모르겠지만. 어쩌면 그냥 신경을 안 쓰는 것일지도. 아무튼 내 머리에 대해 묻는 사람은 아무도 없다.

나는 로맹과 안전거리를 유지하기로 마음먹었다. 로맹은 나에 대해 아무 생각이 없으니 별 소용도 없는 짓이지만 말이다. 로맹은 흔들림 없는 거인처럼 서서 열에 들떠 떠드는 노인들의 모습을 지켜보기만 했다. 그러다 30초도 안 되어서 상황을 뒤바꾸어 놓았다.

"그럼 칠판에 아이디어를 모두 적어 보죠."

로맹은 말 탄 기사가 검을 뽑듯 보드마카의 마개를 뽑았다.

"나는 해리 포터의 목도리를 뜰 거야!"

쌍둥이 자매 할머니는 한목소리로 외치고는 서로 바라보았다. 엘리자베트 할머니가 이마를 찌푸렸다.

"나는 해리 할 거야. 넌 론이나 헤르미온느 해."

드니즈 할머니도 지지 않았다.

"무슨 소리! 왜 너만 맨날 주인공이야?"

그러자 로맹이 나섰다.

"알았어요. 해리가 두 명이어도 상관없잖아요."

그러고는 칠판에 '해리 포터'라고 썼다.

"정말 재미있게 읽었지."

"처음에 우리 손자가 알려 준 책이야."

벌써 화해한 쌍둥이 할머니 자매가 말했다.

"그럼 망토는 누가 맡을까요?"

사람들이 손을 들었다. 그중 네 명의 할머니가 바느질이라면 따라올 자가 없다고 자신했다.

"할 일을 찾아 드릴게요."

로맹이 약속했다. 그렇게 해서 목록은 재빨리 완성되었다. 새로운 아이디어가 많이 나오자 할머니들은 괴물 변장 아이디어를 포기했다.

칠판에 적힌 내용은 다음과 같다.

- 크리스마스트리
- 양
- 배트맨
- 브르타뉴 지방 농부

  (브르타뉴 지방 농부는 어떻게 생긴 걸까? 도통 알 수가 없다)
- 포도송이
- 산타 할아버지

모든 게 좋았다. 두 할머니가 바느질 방식에 대해 의견이 엇갈려 화를 내기 전까지는. 또 싸움이 벌어진 것이다.

"옷본을 먼저 그려야지."

한 할머니가 이렇게 말하자 다른 할머니가 대꾸했다.

"옷을 먼저 입고 그 위에 대보기만 해도 돼."

"나는 재봉으로 먹고 살았어. 이거 왜 이래?"

"그래서? 내 방법이 훨씬 빠른데 뭘?"

"고집 센 할망구!"

"바느질로 먹고 산 게 무슨 자랑이야?"

두 할머니가 뜨개질바늘로 서로 찌르려고 하는 순간, 다행히 우렁차고 단호한 목소리가 살육을 제지했다.

"타임!"

로맹은 목소리를 높이지 않으면서도 의외로 거역할 수 없는 태도로 말했다. 모두가 눈을 동그랗게 뜨고 그를 바라보았다.

"화낼 필요 없어요. 각자 다른 의상을 만들 테니까요. 가장 좋다고 생각되는 방법으로 하시면 됩니다. 두 분 모두 잘하실 거예요."

그러자 할머니들의 화가 금방 풀렸다. 두 사람은 휴전 협정에 서명했고 상황은 그렇게 정리되었다. 변장이 싫다고 한 노인들은 의상 만드는 걸 돕기로 했다. 작업은 모두에게 공평하게 돌아가도록 짰다.

"내가 잘못 본 거면 말해. 저 애 그렇게 안 보였는데 리더십이 있네."

비올레트 할머니가 속삭였다. 흠…… 그렇긴 하다. 상황을 잘 정리한 건 사실이지만 내가 거기에 반했다고 생각하면 오산이다. 아직은 로맹에 대한 생각을 바꾸고 싶지 않다.

그 이후로는 모두 각자 맡은 작업에 열중했다. 분위기는 더 차분해졌다. 대부분은 낮에 할 일이 생겼다고 좋아하면서 열심히 작업에 임했다. 그렇지 않은 노인들은 옆에 앉아 훈수를 두기도 하면서 수다를 떨었다.

"저이는 완성품 감독관이야."

비올레트 할머니가 폴레트 할머니를 가리키며 말했다. 폴레트 할머니는 부상에서 조금씩 회복 중이다.

비올레트 할머니가 흉보는 것처럼 말했지만 내가 보기에는 할머니도 폴레트 할머니의 상태가 호전되어서 좋아하는 것 같았다. 알뱅 할아버지는 총기 잃은 눈빛을 한 채 휠체어에 앉아 있다.

"이렇게 사람들을 보는 게 알뱅한테도 좋아."

조르주 할아버지가 알뱅 할아버지를 구석으로 데려가며 말했다.

"그렇다마다요."

로맹이 거대한 몸을 수그리며 말했다. 그 바람에 의자가 삐걱거렸다. 나는 로맹에게 부정적인 눈짓을 했지만 로맹은 끄떡없는 표정으로 내 시선을 받아쳤다. 도대체 로맹은 무슨 생각일까? 아마 카드 게임에 선수일 거다. 나는 로맹을 두고 뒤돌아섰다. 이런 남자는 구제 불능이다.

로맹의 존재를 견뎌야 한다는 것을 빼면 작업반을 맡은 건 재미있었다. 바쁜 주간에 작업반은 산소 역할을 해 줬다. 파트리시아는 평소보다 더 까다롭게 굴었다. 빨리빨리 안 움직인다, 제대로 일을 끝내는 법이 없다며 날 못살게 구느라 여념이 없었다.

"요즘 파트리시아 좀 이상하지 않아?"

비올레트 할머니가 내게 물었다. 헉, 할머니는 텔레파시 능력이라도 있는 걸까? 나는 할머니의 주의를 다른 데로 돌리려고 일부러 대화 주제를 바꿨다. 가지고 있던 천 조각을 내밀며 말했다.

"여기 잘 못하겠어요."

할머니는 약간 구부러진 손가락으로 펠트를 섬유용 접착제로 고정하는 법을 보여 주었다.

"이렇게 하면 바느질할 필요가 없지. 내가 터득한 빨리 끝내는 방법이야."

"네? 할머니네 시골 동네에서도 가장행렬을 했어요?"

아차 싶어 입을 다물었지만 이미 때는 늦었다. 내가 너무 심했다. 하지만 할머니는 화내지 않고 말했다.

"해마다 학생들과 준비했지. 가장행렬 의상이라면 뚝딱 만들었어."

할머니가 가르쳐 준 대로 하니 모자가 금세 모양을 갖췄다. 포도송이를 위해 보라색 모자를 만드는 중이었다. 중학교 때 공작 시간에 만들었던 흉측한 작품들이 떠올랐다. 미술 선생님이 지금 내 모습을 봤으면 까무러칠 텐데.

그런데 비올레트 할머니의 반격이 시작되었다.

"부서에서 일하는 게 쉽지 않나 봐."

나는 펠트 천을 내려놓으며 말했다.

"할머니는 포기를 모르시나 봐요."

할머니는 투명하다시피 한 파란 눈으로 나를 뚫어지게 보았다. 할머니의 눈을 바라보니 지혜로 가득한 깊은 우물에 빠지는 느낌이었다. 거기에서 헤어나오지 못하겠다.

"이래 봬도 요양원에서 지낸 지 벌써 한 달이 넘었어. 내가 앞을 못 보냐,

소리를 못 듣냐? 이곳 일이 그렇게 잘 돌아가는 것 같지가 않아. 벨레르는 싸구려 요양원이 아닌데도 인력이 부족한 것 같다고."

나는 아주 잠깐, 할머니에게 사실대로 털어놓을까 싶었다. 요양원에서 직원들에게 어떤 근무 조건을 강요하는지 말하고 싶었다. 환자들을 일일이 돌보기에는 시간이 턱없이 부족해서 얼마나 속상한지도 말이다. 지금까지 떠오른 의구심, 직업을 잘못 선택했으면 어떻게 하지라는 두려움을 입 밖에 내고 싶었다.

하지만 가만히 있었다.

할머니와 아무리 가깝다고 느끼고, 할머니도 내 말을 들어줄 거라는 확신이 있어도, 할머니는 이곳 환자다. 내 개인 사정을 맘대로 털어놓을 수 없다. 할머니는 파란 눈으로 나를 바라보며 조금 기다리더니 다시 천을 붙이기 시작했다.

"불만을 표현할 방법도 있지."

"누가 그 말을 들어준대요? 산타 할아버지의 기적을 믿으세요?"

할머니는 아무렇지도 않은 듯 웃었다.

"시위를 할 수도 있지. 나는 1968년 5월에 학생 운동을 했어."

그러고는 다시 일에 집중했다. 주위에서 우리 이야기를 관심 있게 듣고 있다는 걸 모른 채로.

16. 혁명

비올레트 할머니의 말이 가볍고도 톡 쏘는 샴페인 공기 방울처럼 공중에 맴돌았다. 사방으로 퍼진 공기 방울들은 저항의 욕구를 사람들의 머릿속에 심어 주었다. 할머니는 아무것도 눈치채지 못했지만 말이다. 68운동 얘기를 꺼낸 뒤로 할머니는 정신이 다른 데 팔린 것 같다. 그때를 떠올리며 그야말로 머릿속으로 빨려 들어간 듯하다. 할머니는 기억 속으로 먼 여행을 떠난 사람처럼 슬픈 표정이었다. 오늘 근무가 끝나면 할머니한테 잠시 들러야겠다고 생각했다.

하지만 당연히 시간이 안 됐다.

다음 날에도 작은 공기 방울들은 계속 퍼지다가 결국 터져 버리고 말았다. 모두가 혁명을 위한 가장행렬 얘기뿐이었다. 방마다 복도마다 '현수막', '저항', '시위' 같은 단어들이 낮은 소리로 들려왔다. 환자들은 더 많은 돌봄을 바랐고, 요양사들은 "이렇게 계속할 수는 없다"고 말했으며 간호사들도 거기에 맞장구를 쳤다.

'일요일은 방문객이 오는 날이니 다들 진정하겠지'라고 생각했지만 상황은 전혀 진정되지 않았다.

불평은 줄어들지 않았고, 환자들은 크고 작은 불만을 토로했다. 폴레트 할머니의 따님은 소문이 사실인지, 곧 파업할 건지 물었다. 어쨌든 자기도 알고 있는 게 좋을 것 같다며. 페인트가 묻은 티셔츠를 입고 있던 남자는 요양원을 나서면서 시위에 참여해도 되느냐고 물었다.

"저도 아버지처럼 노동자예요. 어렸을 때 아버지가 저를 어깨에 태워서 노동절 행진에 데리고 갔죠. 한 해도 놓친 적이 없어요. 이번에는 제가 아버지 휠체어를 밀 거예요. 지금 말씀은 못 하셔도 뭘 원하시는지 알 수 있거든요."

그 아버지가 알뱅 할아버지라는 걸 알 수 있었다.

저녁에 탈의실에서는 긴장감이 감돌았다. 나는 싸움 한가운데로 뛰어든 것 같았다. 파트리시아와 마흔 살쯤 된 간호사 클로딘이 물어뜯을 기회만 노리는 개처럼 서로를 노려보고 있었다. 조금 뒤에 서 있던 동료 세 명이 나에게 눈짓을 보내느라 바빴다. 이 긴장된 분위기! 아니나 다를까 내가 사물함을 열자마자 공격이 시작됐다.

"너랑은 아예 상관없는 것처럼 굴다니 너 참 대단하다."

클로딘이 나를 손가락으로 가리켰다. 입가에는 불안의 주름이 잡히고 얼굴색은 불그스름하고 볼은 축 처진 것이 피곤해 보였다.

"걔 건드리지 마."

파트리시아가 잘라 말했다.

"왜 걔를 감싸고 도는 거지? 이 시위 얘기가 어디서 나왔어? 가상행렬을 저항 혁명으로 바꾼 게 누구 아이디어냐고? 이 모든 문제가 저 아이 때문에 생긴 거잖아!"

파트리시아는 재킷을 걸치고 목까지 단추를 잠그며 말했다.

“말도 안 되는 소리.”

클로딘은 물러서지 않았다. 내 어깨를 잡더니 “다 너 때문이야”라고 말했다. 나는 해명하려고 했다.

“아니에요. 전 아무 짓도 안 했어요.”

화로 일그러진 클로딘의 얼굴은 정말 무서웠다. 사물함으로 몰린 나는 뒤로 물러설 수도 없었다. 클로딘은 진짜 날 때릴 것만 같았다. 그때 파트리시아가 침착함을 잃지 않고 끼어들었다. 클로딘이 의자에 앉을 만큼 민 것이다. 파트리시아는 쉰 목소리로 말했다.

“그만해. 카뤼신은 아무 잘못도 없어. 요양원의 아슬아슬한 상황이 하도 오래돼서 이런 일이 벌어질 걸 네가 알지 못한 것뿐이야.”

그러자 나와 같이 일해 본 적이 없는 요양사가 거들었다.

“맞아, 클로딘. 우리가 진즉에 나서야 했어. 환자들도 우리를 돕기 위해서 그런 아이디어를 낸 거야. 환자들도 더는 참을 수 없고……. 환자들과 우리는 같은 처지야.”

클로딘은 고개를 떨구고 매일매일 빨래하느라 거칠어진 손을 내려다보았다. 그리고 빠른 걸음으로 나가면서 말했다.

“불평한다고 상황이 해결될 줄 믿는다면 너희는 다 멍청이야.”

문이 쾅 닫히고 클로딘의 분노는 안개처럼 탈의실에 흩어졌다.

나는 충격받고 그 자리에 주저앉았다. 클로딘이 나를 시위 행진의 책임자로 본 것에 충격받았는지 아니면 그 냉정하고 엄격한 파트리시아가 내 편을 들어준 게 더 충격이었는지 모르겠다.

밖으로 나오니 어둠이 나를 감쌌다. 무거운 대문이 미끄러지며 열렸고 차가운 공기가 폐를 채우며 무기력한 몸을 깨웠다. 나는 버스 정거장까지 빠르게 걸었다. 겨울의 잔재가 파카 밑으로 파고들며 요양원의 소독약 냄새가 어린 열기를 몰아내 주어 좋았다. 나는 발을 구르며 몸을 덥히려 했다. 드라마를 보고 간식이나 먹으면서 지낼 수도 있는 노인들이 투쟁에 나선다고 생각하니 웃음이 터져 나왔다.

"넌 그렇게 밤에 자주 혼자 웃고 다니냐?"

심장이 철썩 내려앉았다. 나는 말 그대로 공중으로 펄쩍 뛰었다. 한쪽 구석에 서 있던 로맹이 그 차분한 눈으로 나를 지켜보고 있었던 것이다.

"뭐야? 깜짝 놀랐잖아! 심장 멈추는 줄 알았다고! 인기척을 했어야지!"

입술이 조롱하듯 들썩이는 걸 보니 날 비웃는 게 틀림없었다. 그때 버스가 도착했다. 로맹은 버스에 올라타며 외쳤다.

"그렇게 계속 웃어."

뭐라고 말할지 망설이고 있는데 버스 문이 닫혔다.

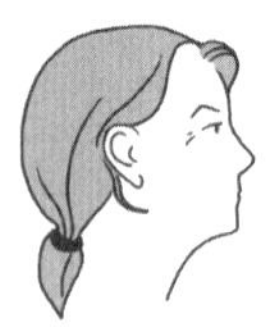

17. 독약

왜 68운동을 떠올렸는지 모르겠다. 원래 입 밖에 내지 않는 일인데.

절대로.

어린애들처럼 소란 피우는 늙은이들과 함께 있다가 나도 모르게 경계를 늦춘 것 같다. 내가 68운동에 참여했다고 하니 모두가 자세히 알고 싶어 했다. 어떻게, 왜 참여했는지. 이젠 너무 먼 옛날 일이지만…… 그때, 그 사람을 다시 떠올리니 아득해졌다. 주위에서 사람들이 떠드는 소리가 들렸지만 나는 이미 그곳에 없었다.

기억을 떠올리니 아팠다. 그래서 놀랐다. 과거는 오래전에 묻었다고 생각했는데……. 그로 인해 많은 일이 있었다. 그때가 있었기에 내가 오늘 이 자리에 있는 것이 아닐까?

그다음 날 저녁, 카퓌신이 인사하러 왔다. 내가 깊은 기억의 수렁에 빠져 헤어나지 못하고 있는 걸 느꼈는지 걱정하는 표정이었다. 카퓌신은 문간에서 서서 말했다.

"퇴근하기 전에 잘 계신지 보러 왔어요."

나는 잠옷을 입고 있었는데 갑자기 환자 침대에 누운 내가 한없이 약하게 느껴졌다. 그래서 카퓌신이 원망스러웠다.

“그래, 난 괜찮아. 보다시피 옷도 혼자서 잘 갈아입잖아.”

나는 빨리 꺼지라는 듯이 냉정한 목소리로 말했다. 방해받지 않고 생각에 잠길 권리가 내겐 있었다. 그러자 카퓌신은 특유의 미소를 지었다. ‘마음대로 해 보세요. 저도 그렇게 만만하지 않아요’라고 말하는 것 같은 웃음 말이다. 갑자기 카퓌신이 그냥 있었으면 했다. 그래서 들어오라고 했다. 카퓌신은 들어오면서 미리 경고했다.

“오래 있지는 않을 거예요. 근무도 끝났고 엄청 피곤하다고요.”

워낙 피곤해 보여서 무슨 소리냐고 말할 수도 없었다. 눈 밑은 시커멓고 얼굴이 까칠했다.

“요양원에서 일을 너무 많이 시키네. 그렇게 일을 시키는 대로 하면 결국 몸이 축날 수밖에 없어.”

카퓌신은 방에 하나밖에 없는 의자에 털썩 주저앉았다.

“다음 주에는 결근하는 사람이 없으니까 더 편할 거예요.”

“그럼 모든 게 정상으로 돌아간다고 생각해?”

그럴 줄 알았다. 나처럼 이런 곳에 갇히면 관찰할 시간이 생긴다. 내가 관찰한 바에 따르면 상황이 잘 돌아가고 있다는 느낌이 들지 않았다. 하지만 나는 입을 다물었다.

“어제 좀 서글퍼 보이셔서 온 거예요. (잠깐 머뭇거리더니) 68운동에 대해 말씀하셨을 때 말이에요.”

카퓌신은 눈치가 빨랐다. 여러 조각의 장면이 떠올랐다.

“정말 알고 싶어?”

카퓌신은 눈을 깜빡이며 그렇다고 했다.

'뭐 어떻게 되겠어? 조금이라도 말하고 나면 다시 잠도 오겠지.'

이런 생각에 나는 이야기 실마리를 풀기 시작했다.

"68운동이라……. 너무 오래된 것 같아. 그때 난 막 서른다섯 살이 되었지. 15년 동안 교사로 일하면서 남편과 비교적 정돈된 삶을 살고 있었어. 남편도 초등학교 교사였지. 여기서 별로 멀지 않은 작은 시에서. 노동자 계층의 딸이었던 나는 68운동에 금세 휩싸였어. 하지만 들끓는 시위의 중심인 파리에서 멀리 떨어져 있었지. 시위자 중 일부에게는 68운동이 과거 투쟁에서 얻지 못했던 걸 얻으려는 불만의 표시 정도였어. 임금 인상, 사회 정의, 뭐 그런 거……. 남편 레옹은 폭도들로부터 사범학교를 지킨다고 떠났고, 나는 노조 사령부에 남아서 현수막을 준비하고 시위대에게 식사를 나눠 줬지. 생각해 보면, 우린 평등을 위해 싸웠지만 결국 샌드위치를 준비한 건 여자들이었어."

나는 추워서 담요를 끌어당기며 말을 이었다.

"나는 세상을 바꾸고 싶었어. 그럴 수 있다고 진짜로 믿었지."

"그런데…… 시위할 때 무섭지 않으셨어요?"

"그랬지. 사실 우린 토론을 많이 했어. 시위도 했고. 하지만 혼란을 일으키지는 않았어. 노래하고 구호를 외쳤지만 선을 넘는 법은 없었으니까. 밤이 되면 목소리가 나오지 않았지. 우리는 시위가 어떻게 진행되는지 라디오에 귀를 대고 시간을 보내곤 했어. 열기가 얼마나 대단했던지 그 에너지에 휩쓸리면서 동시에 보호받는 느낌이 들었어. 젊을 때는 그 무엇도 우리를 막지 못한다고 생각하니까."

그런데 카퓌신의 반응이 놀라웠다. 아니라고 고개를 저었다.

"아니에요. 그렇지 않아요. 젊어도 최악의 상황이 닥칠 수 있다는 걸 알아요."

카퓌신은 반들반들한 파란 단발머리 가발을 만졌다. 이 아이의 진짜 머리는 무슨 색일지 궁금해졌다.

물론 카퓌신의 말도 맞는다. 내 삶을 뒤흔들어놓은 사건은 예상치 못하게 갑자기 닥쳤다. 그것은 최악의 일이었을까? 나는 이야기를 계속하면서 앙드레와의 만남은 쏙 빼 버렸다. 뜨개질을 하다가 코를 하나 빠트린 셈이다.

"공장에서 나흘 밤을 보낸 적도 있어. 내 평생 가장 정신 나간 때였지."

그때 우리는 다 정신이 나갔었다. 미쳤었지만 그래도 좋았다. 나는 이성을 완전히 잃었다. 파리에서 온 잘생긴 연사는 내 혼을 쏙 빼놓았다. 정신을 다시 차렸을 땐 그는 떠났고 나는 아이를 가졌다. 레옹과 노력했어도 그렇게 들어서지 않던 아이가 생긴 것이다.

나는 잠시 말을 멈추었지만 흐르는 침묵에 당황하지는 않았다.

"아홉 달 뒤에 앙투안이 태어났지."

카퓌신의 눈이 휘둥그레졌다.

"시위할 때 남편과 떨어져 있었다고 하셨잖아요."

역시 카퓌신은 행간을 읽을 줄 알았다.

"남편은 아들을 얻어 기뻐했어. 좋은 아빠가 되어 주었지."

그건 사실이었다. 우리는 행복했었다. 카퓌신이 물었다.

"아드님은 사실을 알아요?"

나는 입을 다물었다. 이 응어리가 9년 동안 풀리지 않았다.

"남편이 입원했을 때 수혈이 필요했어. 앙투안이 피를 주겠다고 했다가

친자가 아니라는 걸 알게 됐지."

내 가슴 속 심장은 무덤 위를 덮는 흙처럼 끈적끈적한 진흙 덩어리로 변했다.

"경험한 사람 말을 믿어. 비밀을 간직하는 건 절대 좋지 않아. 잠자고 있는 독약이나 마찬가지거든. 시간이 지나면서 파괴력이 점점 커지는 독약이지. 진실은 오랫동안 숨겼기 때문에 아픈 거야."

카퓌신은 어두운 눈동자로 나를 뚫어져라 바라보았다. 무슨 말인지 이해했다는 눈빛이 스쳤다. 고통스러운 이해. 내 이야기가 카퓌신의 사연과 통하는 게 있는 것 같았다. 카퓌신은 "네, 맞아요"라고 말하고 내 볼에 입을 맞추고는 방을 나갔다.

18. 흰머리 노인들의 행렬

비올레트 할머니가 원인이었다는 말은 할 필요도 없다. 68운동을 언급하며 뿌려진 씨앗이 자라기 시작했다. 요양원 사람 모두가 행진에 나서겠다고 했다. 이젠 의상을 만들기 위해 뜨개질과 바느질을 하고 포스터도 만들고 칠하고 붙인다.

때로는 좋은 아이디어 하나가 잡초처럼 자랄 때가 있다.

사육제 마지막 날이 성큼 다가왔다. 할머니들과 할아버지들이 행렬을 위해 의상을 입고 로비에 모였다. 초등학교 친구들이 10시에 요양원으로 오기로 했었는데 조금 늦게 도착했다. 그러자 노인들은 조바심이 나 어쩔 줄 몰라 했다. 아이들이 더 흥분했는지 어른들이 더 흥분했는지 모를 정도였다. 슈퍼맨과 엘사 공주로 분장한 아이들이 처음에는 노인들과 조금 떨어져 있더니 이내 두 그룹이 한데 섞였다. 다들 열심히 일한 덕분에 멋진 의상을 만들었기 때문이다.

"와! 크리스마스트리 의상 너무 멋져요!"

기사로 분장한 아이가 여러 색의 공이 꿰매진 진녹색 망토를 머리부터 발끝까지 걸친 조르주 할아버지를 황홀한 눈으로 쳐다보았다. 장식 속에 감춘 건전지에 연결된 전선들이 몸에 감긴 상태였다. 수많은 불빛이 반짝여 전체적으로 의상은 매우 성공적이었다.

"너도 나쁘지 않아."

조르주 할아버지가 겸손하게 말했다. 할아버지는 알뱅 할아버지를 손가락으로 가리키며 물었다.

"내 친구 봤니? 어때? 멋지지?"

알뱅 할아버지는 머리와 팔을 꺼낼 수 있는 커다란 선물 상자에 들어가 있었다. 아이는 고개를 힘차게 끄덕이며 그렇다고 했다. 그리고 조르주 할아버지의 손을 슬그머니 잡았다. 할아버지는 감동에 젖어 눈을 깜빡거렸다.

다 같이 천천히 행진을 시작했다. 공기는 차갑고 건조했다. 노인들에게 옷을 몇 겹이나 입히고 외투로 꽁꽁 쌌다. 그 위에 의상까지 입히니 희한하면서도 동화처럼 보였다. 보테로 그림의 초현실주의 버전을 보는 것 같았다. 대화가 끊임없이 이어졌고 행진은 천천히 계속되었다. 몇 분 뒤에 사람들이 관심을 갖기 시작했다. 구경꾼들은 우리를 보고 재미있다는 듯 걸음을 멈추었다.

해리 포터 분장을 한 쌍둥이 자매가 현수막을 펼쳤다.

직원의 과로로 환자들이 방치된다!

요양사, 간호사, 행정 직원 중 일부도 행진에 참여했다. 모두 유니폼에 스티커를 붙이고 있었다.

인력 부족 : 빨리 수혈하라!

6개의 팔다리 구함

많은 환자 가족이 동참하길 원했다. 환자의 자녀들이 초등학생 부모들과 섞여 구분되지 않았다. 알뱅 할아버지의 아들도 약속을 지켜 휠체어를 밀고 있었다. 그는 샌드위치로 변장했는데 이런 문장이 적힌 플래카드를 들고 있었다.

궁지에 빠진 환자들의 건강

릴리가 확성기를 꺼내서 외치기 시작했다.

"어르신들을 위한 인력을 보충하라!"

행진에 참여한 사람들이 구호를 따라 하자 외침이 퍼져 나갔다. 아이들도 비명을 지르듯 구호를 합창했다. 목소리 큰 놈이 장땡인 것처럼 말이다. 나는 행렬 끝에서 양으로 변장한 비올레트 할머니를 부축하고 있었다. 흰 스웨터에 목화솜을 붙이기만 했는데 기적처럼 그럴듯한 양 의상이 만들어졌다.

"괜찮으세요?"

다른 노인들과 달리 비올레트 할머니는 휠체어를 거부했다.

"아직 두 발로 설 수 있어."

할머니는 머리에 흰 모자를 눌러쓰며 말했다. 그런 할머니가 존경스러웠다. 나는 할머니에게 두 발로 설 수 있다는 게 얼마나 중요한지 깨달았다. 할머니가 유일하게 양보한 보행기를 붙잡은 채로 우리는 한 걸음씩 천천히 앞으로 나아갔다.

드디어 시청 앞에 도착했다. 행진이 시작된 지 15분밖에 안 되었지만 우리 주위로 사람들이 몰려들었다. 광장은 사람들로 가득 찼다. 기자들이 카메라를 들고 우리를 기다렸다. 셔터 누르는 소리가 들려왔다. 그때 갑자기 주위가 조용해졌다.

“누가 기자들에게 알렸지?”

나는 접이식 의자에 앉은 비올레트 할머니에게 웃어 보였다. 기자들을 부른 건 훌륭한 아이디어였다. 왜 미처 생각하지 못했을까?

“기자 친구한테 기사 써 보라고 전화했어요. 그랬더니 금방 관심을 보이더라고요. 지역 텔레비전 방송사에도 아는 사람이 있다고 해서 그렇게 소문이 났나 봐요.”

로맹이 말했다. 후드집업 위에 입은 유니폼이 터질 것 같았다. 로맹을 만난 뒤 그가 처음으로 꽤 괜찮아 보였다.

그때 어떤 기자가 마이크를 내밀었다.

“이번 시위로 어떤 결과를 바라시나요?”

사람들은 서로를 바라보았다. 대답하려고 나서는 사람이 없었다. 무대에 오르는 일은 누구에게나 어려운 법. 릴리는 어깨를 으쓱하더니 앞에 나섰다.

그러고는 과로를 호소했다. 벅찬 업무량과 늘 모자라는 시간에 대해서도 말했다. 환자들을 제대로 돌볼 수 없어서 죄책감을 느낀다고도 말했다.

그러자 릴리 뒤에서 말들이 쏟아져 나왔다. 모두가 오랫동안 참고 있던 걸 용기 내서 말하면서 댐을 무너뜨린 것 같았다.

“빨리 일하려고 환자들을 침대에 눕히는 게 아니라 막 던진다고요!”

누군가가 이렇게 외치자 또 어떤 할아버지가 말했다.

"아침에는 물어보지도 않고 우리를 일으킨다오. 그러고 나면 서둘러 씻고 입고 약을 먹어야 해요."

다른 요양사도 나섰다.

"머리를 감기는 것과 양치질 하는 것, 둘 중 하나를 선택해야 할 때도 있어요. 둘 다 할 시간이 없으니까요."

또 다른 요양사도 참지 못했다.

"1인당 최대 10분까지 쓸 수 있어요. 샤워시킬 때도요. 학교에서 배울 때는 40분이었다고요. 그러니 환자분들과 언제 대화를 나눠요? 할 수가 없죠."

"요양원은 공장이에요! (3층에서 일하는 요양사가 쉰 목소리로 말했다) 우리는 그저 환자들과 마주 앉아서 손을 잡아 드리고 말동무도 해 드리고 싶어요. 그렇지만 빨리 깨워서 일으키고 시트를 갈고 다음 방으로 이동해야 한다고요."

환자 가족들은 요양사들의 폭로에 충격받고 서로를 바라보았다. 부모들은 눈물을 참으며 자식들의 손을 꽉 잡았다. 상황이 이 지경까지 온 것인가?

우리를 요양원으로 다시 데려갈 버스가 도착했다. 노인들은 자식들에게 "곧 다시 보자. 약속하지?"라고 말하며 작별 인사를 건넸다. 행진에 참여했던 가족들은 버스가 떠날 때까지 기다렸다가 해산했다. 서로 손짓을 하고 벌써 서로를 그리워했다.

나는 환자들이 방에 들어가는 걸 도왔다. 버스에 오른 비올레트 할머니는 너무 작아 보였다. 그런데 할머니의 얼굴에 커다란 웃음이 떠올랐다. 그리고 몇 초 동안 할머니는 50년 전에 그랬어야 하는 모습이 되었다.

19. 충격파

지역 일간지 1면에 나온 사진이 요양원 입구 게시판에 붙었다.

솔직히 사진은 엉망으로 찍혔다.

알뱅 할아버지가 휠체어에 앉아 있고, 그 뒤에 크리스마스트리(조르주 할아버지)가 완벽한 배경을 이루고 있다. 해리 포터처럼 자주색 목도리와 안경을 쓴 엘리자베트 할머니와 드니즈 할머니가 펼쳐 든 현수막은 바람에 펄럭이고 있었다. 요양원 직원들에 둘러싸인 릴리가 맨 앞에 보이고, 왼쪽에는 보라색 공들로 만든 의상을 입고 납작한 펠트 모자를 쓴 할머니가 플래카드에 기대고 있다(원래 거대한 포도송이를 표현해야 했다). 슈퍼 히어로나 동화에 나오는 공주로 변장한 아이들은 어른들이 써 놓은 구호를 고래고래 외쳤다. 다른 쪽 끝에는 비올레트 할머니가 다른 노인들과 접이식 의자에 편안히 앉아 있는 모습이 찍혔다. 한쪽 구석에 내 주황색 머리와 모두를 내려다보는 로맹의 얼굴이 조금 보였다.

사진 밑에 있는 기사는 직설적이었다. 특히 가장행렬이 어떻게 평화 시위로 바뀌었는지 다루고 있었다.

2020년 2월 12일 월요일

총천연색으로 변한 흰머리 노인들의 행렬

오늘 오전 시내 초등학교 학생들이 가장행렬에 참여했다. 벨레르 요양원 직원들이 이 자리에 함께했고, 여기에 요양원 환자와 환자 가족들이 동참했다. 알록달록한 의상을 입은 사람들은 요구 사항이 적힌 현수막을 펼쳐 들고 천천히 걸음을 옮겼다. 시청 앞까지 행진한 사람들은 요양원의 인력 부족과 재원 부족을 고발했다. 실제로 환자 1인당 요양사 비중을 늘리겠다던 노인보조기금은 약속을 지키지 않았다. 공공 및 민간 요양원의 보조금 지급을 점진적으로 조정하는 개혁이 마련되었지만 대규모 인원 감축을 낳을 이 개혁안은 만장일치로 거부되었다. 요양사와 환자들의 상황은 계속 악화되고 있다. 이들은 자신들의 목소리를 들려주기 위해 이렇게 행진하는 것밖에는 다른 방법을 찾지 못했다.

오늘 아침 최고급 정장에 8센티미터 하이힐을 신고 나타난 요양원 원장은 건물에 들어서자마자 벽에 붙여 놓은 기사를 보고 쓰러질 뻔했다. 창백해진 얼굴이 뭔가 못 먹을 걸 먹은 듯이 일그러졌다. 민달팽이라도 씹어 먹은 줄 알겠다. 원장은 아무 말 없이 기사를 떼어 내고 원장실에 들어가 나오지 않았다.

우리는 저항을 시작하기로 했다. 노인들의 말동무가 되어 줄 시간을 갖기로 한 것이다. 그렇게 시도해 보고 싶었다.

그러다 보니 당연히 시간이 더 많이 걸렸다. 하지만 다른 방식으로도 할 수 있다는 걸 보여 줘야만 했다. 악보처럼 치밀하게 계산한 업무 조직 방식이 결국 불협화음을 낸 건 우리의 잘못이 아니었다.

덕분에 나는 오늘 아침 비올레트 할머니와 시간을 보냈다. 문을 가볍게 똑똑 두드리고 방으로 들어갔다. 나는 창문을 열며 물었다.

"어떠세요? 우리만의 68운동을 한 것 같지 않으세요?"

하지만 금세 멈추었다. 할머니가 팔을 들어 햇빛을 가리면서 떨고 있었다.

"혁명은 내 나이에 할 일이 아닌가 봐. 머리가 볼링공이 든 것처럼 무거워. 머릿속에서 폭탄이 터질 것 같아."

나는 할머니를 일으키고 마실 걸 드렸다. 할머니는 그러지 말라고 했지만 간호사를 불렀더니 진통제를 주었다. 할머니는 겁날 정도로 작은 목소리로 말했다.

"너무 우울해. 어제는 체 게바라가 된 것 같더니 오늘은 보잘것없는 신세야."

나는 그렇지 않다고 할머니를 달랬다.

"할머니는 체 게바라가 아닐지 몰라도 게릴라전은 계속되고 있어요. 오늘 아침부터 맴도는 긴장감만 봐도 알 수 있어요. 할머니가 불씨를 지핀 거예요. 그래서 그게 폭발한 거고요."

할머니가 억지로 웃었다.

"씻는 거 도와드려요?"

내가 묻자 할머니는 그러라고 했다. 처음 있는 일이었다. 욕조에 몸을 담근 할머니의 연약한 살에 비누칠했다. 따뜻한 물에 들어간 할머니가 편안한 듯 숨을 내쉬며 말했다.

"껌딱지 꿈을 꿨어. 어제 그런 일이 있었는데 이상하지? 모든 기억이 떠오른 건 참 좋아. 그런데 그러고 나서 내가 뭘 했게? 잠이 들어서 고양이 꿈을 꾼 거야."

내 눈은 할머니의 목, 축 처진 가슴, 마른 팔에 솟아오른 혈관을 따라갔다.

"껌딱지가 할머니 꿈에서 뭘 하던가요?"

"문을 발로 긁기에 내가 문을 열어 줬지. 나는 물론 스무 살의 튼튼한 다리로 뛰어다녔고. 껌딱지랑 나랑 소파에 앉아서 좋아하는 책을 펼쳤지. 나는 책을 읽고 껌딱지는 그르렁거리면서 내 목소리를 듣고 있었어. 마치 자기가 시를 좋아한다고 말하려는 듯이."

나는 큰 수건으로 할머니의 몸을 탁탁 닦았다. 그사이 할머니는 말을 멈추지 않았다.

"내가 하이쿠를 좋아한다고 말했던가? 사진 밑에 있던 시 말이야. 난 하이쿠를 많이 알아. 이거 한번 들어 볼래? 내가 가장 좋아하는 시야. 하이쿠의 거장 고바야시 잇사의 작품이지."

사람이 늙으니
하루가 지나도
눈물이 나네.

나는 동작을 멈추었다.

"그건 너무 슬프잖아요. 완전 우울해요!"

내가 뭐라고 하자 할머니의 눈에 생기가 돌았다. 그런 할머니가 아름다워 보였다.

"꼭 그렇지는 않아. 들어 봐."

들판의 풀이
내 신발 밑에서
향을 풍기는구나.

"멋지지 않니? 순간의 미학을 아는 시인이야. 풀을 방금 베어 냈을 때 나는 향이 느껴지는 것 같아. 이런 시도 있어."

참새가
젖은 발로
툇마루에서 뛰노네.*

"가까이 다가가면 날아가 버릴 새가 너도 보이니?"

"네, 아주 잘 보여요."

나는 할머니의 시 읊는 소리에 몸을 맡겼다. 할머니는 한참 시를 읊었다.

나는 할머니의 몸을 씻기고 할머니는 시를 암송하니 참 좋았다.

다 끝냈을 때 할머니는 깨끗해졌고 예전 모습으로 되돌아간 듯 보였다.

---

* 마사오카 시키(1867~1902년)

할머니와 아래층 식당으로 갔더니 그곳에는 흥분한 노인들이 모여 있었다. 할머니를 보자 앞다투어 말하기 바빴다.

“저는 갈게요. 다들 얌전히 계셔야 해요.”

내가 외치자 한바탕 웃음이 터졌다.

오늘은 그 어느 때보다 더 요양원을 뒤흔드는 충격파를 느낄 수 있었다. 행진은 폭탄처럼 터지면서 감춰져 있던 것을 드러냈다. 요양사들의 부당한 처우, 물건처럼 버려졌다고 느끼는 노인들의 분노와 씁쓸함……. 속에 있는 걸 다 끄집어냈으니 입을 닫을 필요가 없어졌다. 나는 가벼운 마음으로 걸었다. 알뱅 할아버지 옆에 앉은 로맹이 내게 손을 흔들며 인사했다. 나도 모르게 그에게 인사를 했다. 그날 저녁 퇴근하려는데 기사가 다시 게시판에 붙어 있는 게 보였다. 원장이 기사를 떼어 낸 자리에 누군가가 다시 붙인 것이다. 이제 금기는 사라졌다. 이 작은 요양원에서도 이런 일이 가능하니 나도 각성해야겠다고 생각했다. 그 대가가 얼마나 크든 나는 대답을 들어야 했다.

20. 교전 상태

요양원은 전쟁 중이다.

같은 계열의 다른 요양원에서도 행진을 했다고 한다. 혁명은 전염된다. 릴리가 원장실에 불려 갔다. 돌아와서는 원장이 꽤나 폭발했다고 말했다.

"그렇다고 언론에 대고 속마음을 털어놓을 필요는 없었잖아요!"

데르부르크 원장이 비난했지만 릴리는 기죽지 않았다.

"사람들이 속으로만 생각하는 걸 제가 말했을 뿐이에요."

"우리끼리 해결할 수도 있었잖아요."

"그랬다면 달라졌을까요?"

"당신은 비밀을 유지할 의무가 있어! (원장은 화를 내기 시작했다.) 해고 사유가 될 수도 있다고!"

"지금 위협하시는 거예요? (릴리는 치명적인 무기를 휘둘렀다.) 저는 혼자가 아닙니다. 모두 다 더는 참을 수 없다고 해요. 만약 저를 해고하시면 파업을 각오하셔야 할 겁니다."

'파업.' 폭탄이 투하되었다. 데르브루크 원장은 잔뜩 겁을 집어먹은 모양이다. 얼굴이 노랗게 질렸다. 상황이 바뀔 때가 되었다. 이대로는 오래 버틸 수 없다.

저녁에 요양원 입구에서 마르고와 만나기로 했다. 같이 영화를 보러 갈 예정이다. 솔직히 잠이나 잤으면 좋겠다. 하루가 너무 힘들었던 데다가 비올레트 할머니가 오후에 누워 있기만 해서 걱정이다. 편두통 때문에 내일 병원에 가야 한다. 부디 별일 아니기를.

나는 방금 두고 온 할머니들처럼 힘겹게 발걸음을 옮기며 문을 나섰다. 마르고는 버스 정거장에서 나를 기다리고 있었다.

"빨리 와! 얼어 죽겠다!"

마르고는 발을 동동 구르며 외쳤다. 나는 마르고에게 다가가 인사했다. 그러자 마르고가 나를 살피며 말했다.

"야, 너 얼굴 참 보기 좋다."

마르고는 이렇게 배려가 많은 아이다. 나는 파카 자락을 움켜쥐며 말했다.

"나 완전히 지쳤어."

마르고에게 오늘 하루 얘기를 막 시작하려는데 로맹이 눈에 들어왔다. 나는 정거장 벤치에 앉은 로맹을 몰래 훔쳐봤다. 좁은 공간에 있으니 로맹이 평소보다 더 거대해 보였다. 로맹은 나를 못 본 척하며 책을 꺼내 들었다. 웬일인지 그런 그가 짜증 났다. 귀마개 털모자나 쓴 주제에 왜 이렇게 잘난 척이지?

버스가 도착했고 우리는 버스에 올랐다. 나는 창가에 앉았고 로맹이 뭘 하는지 보지 않을 수 없었다. 로맹은 책 읽기를 멈추고 내 눈을 바라봤다. 들켰다. 이제 내가 자기를 바라본다는 건 알았다. 나는 볼이 빨개졌다.

"저 사람 알아?"

마르고가 물었다.

"아니, 전혀."

버스가 출발했고 로맹은 나를 보고 웃었다. 그러자 마르고가 다시 물었다.

"아, 그래? 재미있네. 저 사람, 널 아는 것 같은데. 널 꼬시려는 거 아니고?"

나는 아니라고, 날 꼬시려는 게 아니라고, 나랑 같이 일하는 동료일 뿐이라고 말했다.

"다행이다. 저 사람 좀 별로였거든. 털모자 봤니? 누가 요즘 그렇게 요란한 털모자를 써?"

마르고 말이 맞는다. 완전히 바보 같다. 나는 내 파란 가발을 쓰다듬었고 우리는 다른 주제로 넘어갔다.

집에 도착한 나는 마르고에게 영화는 다음에 보자고 했다.

"그냥 집에서 조용히 밥 먹으면 어떨까?"

나는 복도에 신발을 벗어 던지며 물었다. 아빠는 벌써 퇴근해 가장 자신 있는 리소토를 준비했다. 언제나 그렇듯이 내 친구를 맞이하는 걸 좋아했다. 마르고는 직설적이고 옷도 이상하게 입는데 아빠는 마르고를 좋아했다.

"파르메산치즈 좋아하니?"

아빠는 리소토를 저으며 물었다.

"네, 좋아요."

마르고는 부엌과 거실을 분리하는 식탁 의자에 걸터앉으며 말했다. 두 사람은 오랜 친구처럼 수다를 떨기 시작했다. 비 오는 날씨, 맑은 날씨, 고3 생활, 정말 재미없는 수학 선생님, 아무것도 못 할 정도로 바쁘게 만드는 아빠의 일에 대해. 어쩌고저쩌고…….

갑자기 나는 재미없어졌다.

나를 없는 사람 취급하는 게 싫었다. 끓고 있는 리소토 냄새가, 정상적인 대화의 따뜻한 온기가 시들해졌다. 아무런 문제가 없는 척하는 것, 나는 말하고 싶은데 사람들은 대충 넘어가는 게 싫다. 우리의 삶이 바뀐 뒤로 말하고 싶은 생각이 처음 들었다. 감춰진 진실을 밝히겠다고 나 자신과 약속하지 않았나?

"아빠, 우리 그 사고에 대해 제대로 얘기 나눈 적 없잖아요."

내가 아빠 얼굴에 주먹을 날렸더라도 이보다 놀라지는 않았을 거다. 나무 숟가락을 핥는 아빠의 얼굴이 긴장했다. 잠시 흐른 침묵은 소름처럼 공기를 진동시켰다. 아빠는 앞치마에 손을 닦으며 말했다.

"지금은 때가 아닌 것 같아."

나는 아빠의 눈을 똑바로 바라봤다. 아빠의 생각을 꿰뚫고 싶었다. 아빠의 눈에서 모든 답을 찾고 싶었다. "난 지금이 때인 것 같은데"라고 말했다. 아빠는 눈을 내리깔았다.

"카퓌신……."

아빠는 내가 잘 아는 피곤한 목소리로 말했다. 아빠가 다시 입을 다물 줄 알았다. 그리고 나는 아빠를 아프게 하고 싶었다. 분노가 쓰나미처럼 일었다. 쓰나미를 멈출 수 없었다. 그게 나를 덮쳤다. 나는 교전 상태였다.

"말해 봐요."

아빠는 눈을 피하며 고개를 저었다. 나는 멈추지 않았다.

"이것 봐. 사고 얘기하는 걸 거부하잖아. 왜 지금껏 아무 얘기도 못 했는지 알아요? 아빠가 사고에 책임이 있다고 느끼니까. 그 사고를 일으킨 사람이 아빠라는 걸 아빠도 아니까. 차에서 엄마랑 싸웠잖아요. 아빠가 엄마한테 소리 지르고. 소리를 너무 크게 질러서 내가 얼마나 무서웠는데. 그리고 엄마는 죽었고 나는, 나는……."

나는 머뭇거리다가 멈췄다. 아빠의 눈은 공포에 질려 있었다. 마르고는 탁구 경기를 보듯 고개를 돌려 가며 이 장면을 구경했다. 그리고 "앗, 망할!"이라고 외치며 불 위에 올려 둔 냄비로 달려갔다. 리소토가 타면서 부엌에 탄내가 퍼지기 시작했다. 탄내가 워낙 심해서 여태까지 어떻게 맡지 못했는지 희한할 정도였다. 아빠는 여전히 내 눈을 피하며 앞치마를 벗고 부엌을 나갔다. 아빠가 지나갈 때 다 익은 열매가 땅에 떨어지듯 이런 말을 남겼다.

"네가 아는 게 다가 아니야."

21. 약간의 짜증과 엄청난 분노

침대에 엎드린 마르고는 밖에 나가자고 졸랐다.

“나가자. 너 너무 열심히 일하니까 나가서 놀면 좋을 거야.”

나는 춤추러 가고 싶기도 했지만 아빠와 화해하고 싶기도 했다. 사흘 전부터 아빠와 말도 안 하고 마주치는 일도 피했다.

“글쎄. 실습 보고서도 써야 하고.”

마르고는 내 무릎 위에 놓인 노트북을 노려보았다. 사실 보고서는 절반 정도 완성했기 때문에 하루쯤 나가 놀아도 된다.

“너 농담 아니지? 토요일을 모범생 흉내 내면서 지내시겠다고? 정말? 우리 클럽 안 간 지도 한참 됐어.”

마르고가 <슈렉>에 나오는 고양이처럼 간절한 눈빛으로 나를 바라보자 나는 웃지 않을 수 없었다. 마르고는 양손을 마주 잡고 무릎을 꿇었다.

“제발! 제발! 제발!”

내가 양보하기 전에는 나를 놔두지 않을 작정이었다. 나는 컴퓨터 화면에서 반짝거리는 커서를 바라보다가 눈을 열심히 끔벅거리는 마르고를 바라보았다. 마르고의 말이 틀리지 않았다. 실습이 시작된 이후 내 생활은 요양원 위주로 돌아갔다. 학교에서 주최한 신년 파티에도 가지 않았다. 사회성이 떨어진 걸까?

"알았어. 하지만 나갔다가 재미없으면 돌아올 거야."

마르고는 침대에서 깡충깡충 뛰며 좋아했다. 정신을 차려 보니 우리는 어느새 클럽으로 가고 있었다. 거기서 마르고의 친구들도 만나기로 했다. 아빠에게는 말하지 않았다. 마르고 집에서 자고 온다고만 했다. 아빠가 알게 되면 어떤 표정을 지을까? 우리는 흥분한 상태로 걸었다. 거리에는 짧은 미니스커트에 입술을 붉게 칠한 마르고와 흰 가발을 쓰고 정성껏 아이라이너를 그린 나, 우리 둘뿐이었다. 아빠는 내게 닥칠 수도 있는 위험을 상상하면서 기절할지도 모른다.

클럽 문지기는 우리를 들여보내 주었다. 음악이 크게 울리는 실내에서 나는 마르고를 따라 낮은 테이블 주위에 모여 앉은 사람들에게 갔다. 마르고는 무리에게 일일이 인사를 했고, 원래 그런 걸 싫어하는 나도 똑같이 했다. 테이블에는 빈 잔들이 술이 채워지기를 기다리고 있었다. 우리는 원형 소파에 옹기종기 모여 앉았다. 남자친구와 앉아 있던 여자아이가 우리를 노려보았다. 자기 남자친구를 건드리지 말라는 눈빛이었다. 마르고와 나는 서로 바라보며 웃음을 터뜨렸다.

"뭐 마실래?"

한 남자아이가 물었다. 구릿빛 피부에 이가 하얀, 괜찮은 아이였다. 좋다고 했지만 들리지 않아서 소리를 질러야 했다. 나는 위스키에 콜라를 넣은 칵테일을 부탁했다. 또 한 잔, 그리고 또 한 잔. 달고 톡 쏘는 액체가 식도를 타고 위까지 내려갔다. 기분이 좋았다.

"춤출래?"

갈색 머리 남자애가 물어 왔다. 나는 고개를 끄덕이고 몸을 일으켰다. 1990

년대 유행했던 촌스러운 음악이 나왔지만 몸을 흔들기에는 좋았다. 마르고는 팔을 들어 올린 채 신나서 몸을 흔들었다. 내 머리는 회전 조명 아래에서 형광으로 변했다. 나는 눈을 감았다. 아빠의 말이 머릿속에서 춤을 췄다. 발레리나 인형처럼 빙글빙글 돌았다. '네가 아는 게 다가 아니야.' 그 말을 밟고 싶었다. 전깃줄을 뽑아 기생하는 생각들을 꺼 버리고 싶었다. 테크노 음악이 흘러나와 리듬에 몸을 맡겼다. 가발 밑으로 땀이 흘러 등까지 적셨다. 축축한 열기가 온몸을 감쌌다. 나는 강한 리듬에 빨려 들어갔다. 오길 잘했다.

얼마 뒤 마르고와 멀리 떨어졌다는 걸 깨달았다. 마르고는 부엌 쪽에 앉아 있었다. 레게 머리를 한 건장한 남자가 마르고의 관심을 끌려고 노력 중이었다.

'마르고가 좋아하게 생겼네.'

"잠깐 바람 쐬러 갈래?"

조금 전 봤던 구릿빛 피부의 아이가 물었다.

"그럴까?"

남자아이는 사람들 사이로 헤집고 나갔고 나도 지붕이 있는 테라스까지 사람들에게 간간이 밀리면서 그를 따라갔다. 우리는 난간에 기댔다. 날이 상쾌했다. 밑을 내려다보니 달빛에 반짝이는 포장된 길이 쓸쓸해 보였다. 남자애가 담배에 불을 붙이더니 나에게 권했다. 나는 담배를 받아 힘껏 빨았다. 매운 연기에 목구멍이 따가웠다.

"난 압델이라고 해. 넌 카뮈신이지?"

나는 고개를 끄덕였다.

"메르모즈 고등학교 요양사 과정에 있는?"

"맞아."

다 알면서 왜 묻는 거야? 그래도 압델은 기죽지 않고 말했다.

"마르고가 그러는데 너 요양원에서 일한다며? 늙은이들 시중들기 힘들지 않아?"

나는 땅바닥에 담배를 버리고 마치 바퀴벌레를 밟듯 팍팍 짓밟았다.

"아니!"

내가 짜증을 내며 답했다.

"왜 화를 내? 그냥 해 본 소린데."

나는 자리를 뜨고 싶은 마음을 억누르고 뒤돌아서 난간에 팔꿈치를 댔다.

"내가 하는 일을 그런 식으로 말하는 데 넌더리가 나. 내가 돌보는 환자들은 기저귀 갈아 줘야 하는 아기가 아니라고."

"그럼, 그렇겠지."

압델은 이렇게 말하며 한 걸음 다가왔다.

"다들 힘든 삶을 살다가 요양원에 올 때는 완전히 지친 상태가 되는 거야."

나는 물어뜯은 손톱을 바라보며 말했다. 조금 떨어진 곳에서 술 취한 남자의 웃음소리와 술잔이 부딪치는 소리가 들렸다. 친구들끼리 생일 파티를 하는 모양이다.

"나는 출근해서 퇴근 시간만 기다리는 사람이 아니야. 이 일을 사랑한다고. 환자들에게는 전화로 안부를 묻고 일요일에 초콜릿을 들고 찾아오는 가족들이 있어. 아무도 없는 어르신들도 있지. 혼자 죽어야 하는 거야. 나도 그들처럼 혼자고."

압델은 이해한다는 태도로 웃었다. 그러고는 "그렇지 않아. 넌 혼자가 아니야"라고 말하며 내게 몸을 숙였다. 나에게 입맞춤하려는 걸 세게 밀어냈다.

"너 정말 멍청한 놈이구나!"

나는 앞으로 다시 볼 일 없을 낯선 아이에게 설명하고 싶었다. 내 속내를 다 끄집어내고 싶었다. 그런데 이 아이가 원하는 건 그저 입을 맞추는 것뿐이었다.

"우리 환자들은 나를 이해해 준다고!"

나는 질끈 다문 입으로 말했다. 갑자기 구역질이 올라왔다. 나는 화장실로 뛰어가 토했다.

한참 토했다. 약간의 짜증과 엄청난 분노가 밀려왔다. 냄새 나는 비좁은 화장실에 앉아서 나는 정신을 차리려고 애썼다. 누군가가 문을 세게 두드렸다.

"카퓌신, 여기 있어?"

마르고가 나를 걱정해 사방으로 찾아다녔던 모양이다.

"걱정 마. 네가 내 아빠라도 돼?"

"네 아빠가 아니니 다행이지. 아니면 앞으로 10년 동안 만나지 말자고 했을걸."

문을 열어 주자 마르고가 들어왔다. 마르고는 나를 부축해서 일으켰다. 나는 입을 닦으면서 거울을 보지 않으려 했다. 식은땀이 나서 원피스가 몸에 달라붙었다. 우리는 외투를 찾으러 갔다.

거리로 나왔을 때 마르고에게 물었다.

"그 남자는 어디 있어?"

"노암? 걱정 마. 이해할 거야."

차가운 공기를 마시니 정신이 들었다. 하지만 기운이 없었고 자고 싶었다.

"미안."

"뭐가? 넌 항상 자제하잖아. 처음으로 긴장을 풀었네."

마르고가 팔짱을 끼며 말했다.

"그 끔찍한 결과를 봤잖아."

마르고는 팔짱을 더 꽉 끼었다.

"바보! 우울해하지 마. 눈 화장이 어떻게 됐는지 보면 웃지 않고는 못 배길걸!"

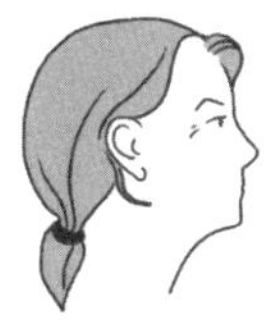

22. 비밀 털어놓기

오늘 아침 카퀴신은 시체 같은 낯빛으로 들어왔다. 몸 상태가 좋지 않아 보였다. 나도 상태가 좋은 건 아니었다. 두통이 다시 찾아왔다. 진통제를 먹어도 소용없었다. 의사는 고혈압이 있다면서 주말쯤 MRI를 찍어 보자고 했고 알약을 한가득 처방했다. 이제 크기와 색깔이 없는 게 없을 정도다. 간호사가 매일 먹을 알약을 준비해 준다. 여러 색깔의 동그란 알약들을 보면 앙투안이 어렸을 적 생각이 난다. 사탕 그릇에서 앙투안은 항상 빨간 사탕만 골랐다. 맛은 차이가 없는데도 고집을 꺾지 않았다. 빨간색 아니면 다 거부했다. 아침마다 내 앞에 쌓인 약봉지를 보면 "오늘은 빨간색을 먹어야지"라고 말하고 싶을 때가 가끔 있다. 물론 나는 아무 말 없이 다 삼키지만. 약은 사탕이 아니고 나도 어린아이가 아니게 된 지 이미 오래되었으니 말이다.

카퀴신이 바쁘게 움직이기 시작했다. 나도 할 일이 있었으면 했다. 집에서 준비에브가 청소해 줄 때처럼 말이다. 은 식기에 윤을 내고, 옷을 수선하고, 채소를 다듬고. 그런데 이젠 두 팔을 축 늘어뜨린 채 쓸모없는 인간으로 누워 있다.

카퓌신이 몸은 좀 괜찮냐고 물어서 그렇다고 했다.

"아드님 소식은 있어요?"

"곧 큰 공사를 마치고 온대."

나는 앙투안을 생각하며 조금 서글프게 웃었다.

"보고 싶으시죠?"

카퓌신이 물었다. 하지만 그건 질문이 아니었다. 카퓌신이 옳다. 아들이 보고 싶다. 멀리 떨어져 있어서 그런 건 아니다. 그야 오래전에 익숙해진 일이다. 내가 그리운 건 아들의 눈에서 믿음을 읽는 것이다. 앙투안은 출생에 관한 진실을 숨겼다고 나를 원망했다. 그 상처를 어떻게 회복시켜야 할지 모르겠다.

카퓌신은 말이 없었다. 참새처럼 조잘대던 아이가 생각에 잠겼다. 오늘은 한 번도 본 적 없는, 중간 길이의 컬이 들어간 가발을 썼다. 예쁜 적갈색 가발이었다. 따뜻한 색 때문에 피곤한 낯빛이 더 두드러져 보였다.

"고민 있어? 잠을 많이 못 잔 사람 같아."

내가 물으니 카퓌신은 침대 시트를 빨래 바구니에 넣으며 아니라고 하고는 깨끗한 시트를 펼쳤다.

"잘 잤다고? 아니면 걱정이 없다고?"

카퓌신은 동작을 멈췄다. 대답을 안 할 줄 알았는데 결국 들릴락 말락 말했다.

"지난번에 말씀하신 아드님 이야기요. 진실을 감추면 나중에 더 나빠진다고 하신 게 자꾸 생각나요. 저는 아빠랑…… 복잡해요. 사고로 엄마가 돌아가셨어요. 다 해결된 줄 알았는데 요즘 와서 생각이 많이 나요. 아빠가 제게 안 한 얘기가 있는 것 같아요."

"나처럼 고집 센 할망구 얘기를 들어서야 되겠니?"

"안 되죠. 아니, 그게 아니라 할머니 말씀이 맞아요. 지난주에 사고에 대해 얘기 좀 하자고 했더니 아무 말도 하고 싶지 않대요. 사실……."

카퓌신은 시트를 손가락으로 돌돌 말았다.

"사실 제가 얘기를 잘못 시작한 것 같아요. 아빠를 몰아세우다시피 했거든요. 왜 그랬는지 모르겠지만 너무 화가 나서 소리를 질러 버렸어요."

나는 침대 위에서 몸을 기울여 카퓌신의 손을 잡았다.

"불쌍한 시트는 그만 좀 괴롭혀. 시트가 무슨 죄니? 그러니까 네 엄마가 사고로 죽었고 너는 여러 가지 의문이 든다 이거지? 말을 안 해 주는 아빠가 원망스럽고?"

"네, 아빠가 미워요. 저도 사고가 났을 때 차에 있었어요. 엄마랑 아빠가 아주 크게 싸우는 바람에 아빠가 운전을 제대로 못 했어요. 엄마가 뭘 얼마나 잘못했기에 그랬는지 알고 싶어요. 왜 집에 도착할 때까지 기다리지 못했는지도요."

카퓌신이 털어놓은 이야기가 얼마나 중요한지 가늠할 수 있었다. 이 아이는 지금 아빠가 엄마의 죽음에 어느 정도 책임이 있다고 생각한다. 나는 카퓌신이 불편하지 않게 목소리를 낮추었다.

"가엾은 것. 엄마가 없으니 힘들겠구나."

카퓌신은 눈을 반짝이며 손등으로 얼굴을 세차게 비볐다. 내가 하는 말을 듣기 싫어할 줄 알면서도 나는 입을 열었다.

"내가 앙투안에게 출생의 비밀을 말하지 않은 것과 같은 이유로 아빠가 너한테 정확히 말을 안 해 주는 거라고 생각해 본 적 있어?"

"절 보호하려고요? 아빠는 절 과보호해요. 하지만 그건 사고에 대한 죄책감 때문이에요. 아빠가 사고 얘기를 꺼내지 않는 건 잘못을 인정하기 싫어서라고요."

나는 한숨을 내쉬었다. 어떤 사건을 바라보는 방식은 여러 가지일 수 있다는 걸 카퀴신은 아직 어려서 모른다. 관여된 사람들마다 서로 다른 진실을 갖고 있다는 걸. 카퀴신은 머리를 뒤로 넘겼다.

"마르고는 제 가장 친한 친구인데요, 그 친구는 아빠가 제게 숨기는 비밀을 찾고 싶으면 아빠 물건을 뒤져 봐야 한대요."

"네가 답을 알고 싶은 마음은 이해해. 하지만 그게 좋은 생각인지는 모르겠구나. 내가 겪은 일을 봐. 네가 알게 될 일이 아주 큰 고통을 줄 수 있어. 아빠랑 대화로 풀어 보는 게 좋겠다. 큰소리가 나더라도 다 까발리고 말하는 거야."

"아, 그래요?"

카퀴신은 손을 뿌리치면서 말했다.

"대화요? 할머니랑 할머니 아드님처럼요? 할머니는 못 하시는 걸 왜 저한테 하라고 하세요?"

따귀를 얻어맞은 느낌이었다. 나는 억지로 웃으며 아무렇지 않은 척하려고 했는데 성공하지는 못했나 보다. 카퀴신이 이내 나를 두 팔로 감싸 안았다.

"죄송해요. 죄송해요. 이번에도 마르고가 말한 대로 불도그처럼 굴었어요."

나는 메슥거리는 속을 참으며 말했다.

"마르고라는 친구, 나한테 소개해 줘야겠구나. 널 좋아하는 것 같아. 아주 좋은 친구가 분명해."

카퓌신은 깔깔 웃었다. 얼굴이 다시 환해졌다.

"친구라면 할머니도 나쁘지 않아요."

23. 성장하고 앞으로 나아가기

오늘은 오후 근무다. 오후는 오전보다 훨씬 한가하다. 환자 대부분이 낮잠을 자기 때문이다. 텔레비전을 보거나 카드놀이를 하기도 한다. 요양원에는 어제부터 소문이 돌고 있다. 요양사를 새로 한 명 채용할지도 모른다는 것이다. 초과 근무가 아예 없어질 수는 없겠지만 그래도 그게 어딘가.

"아직 결정된 건 아니야."

오늘도 여전히 기분 좋아 보이는 파트리시아가 말했다. 그러자 릴리가 거들었다.

"우리의 요구 사항을 잊지 말자. 우리는 우리 일을 제대로 할 수 있게 해 달라는 것뿐이니까. 약속받은 신규 직원 채용으로 모든 게 해결되는 건 아니야. 근무 조건이 개선되려면 아직 멀었어. 그러니까 긴장 늦추면 안 돼. 그러다가는 우리 다 끝장날 테니까."

릴리의 말을 듣던 파트리시아가 계속했다.

"맞아. 이건 우리가 보살피는 어르신들을 위한 것이고, 우리 문제는 아니라고 외면할 수도 있어. 하지만 우리도 언젠가는 늙어. 그렇다면 이 상황이 그대로 유지되면 좋을까? 여기서 만족하면 우리가 늙었을 때 불평할 권리도 없어져."

막 도착한 클로딘이 끼어들었다.

"당장 일손이 더 필요하니까 인력을 보충해 준다고 하면 당연히 받아들여야지. 모든 걸 다 거절하면 얻는 게 없을걸."

그 말에 반대하지 못하고 릴리가 크게 한숨을 쉬었다. 그리고 할 일이 있다며 자리를 떴다. 짜증 난 게 틀림없었다. 릴리는 카트에서 간호 물품을 정리하며 중얼거렸다.

"최악은, 파트리시아 말이 틀리지 않다는 거야. 파트리시아는 냉소적이지만 옳은 말만 해. 사람들은 정말 금방 우리 일을 잊어버릴걸."

나는 내 생각을 입 밖에 내지 않으려고 애쓰며 옅은 분홍색 머리를 흔들었다. 마르고와 중고 의류 상점에 갔다가 발견한 새 가발이다. 보자마자 딱 내 가발이라고 생각했다. 요즘 분홍과 부드러움이 필요했다. 마르고는 내가 만화 주인공처럼 예쁘다고 했지만 꼭 그렇지 않더라도 가발을 쓰면 부드러우면서도 동시에 강해진다고 느꼈다. 나는 주제를 바꾸기로 했다.

"플로랑 부인 검사 결과 나왔어요?"

나는 비올레트 할머니가 병원에 들러 추가 검사를 했다는 걸 알고 있었다. 릴리는 나를 뚫어지게 봤다.

"너, 그 환자 아주 좋아하는 것 같더라."

나는 그렇다고 했는데 릴리가 내 질문에 대답하지 않는다고 생각했다. 릴리는 말을 이었다.

"환자들에게 애정을 갖는 건 당연한 거지만 구분을 짓힐 줄 알아야 해. 네 가족과 친구들, 그리고 일하면서 돌보는 사람들은 아주 다른 거야."

릴리는 나에게 경고를 주면서도 여전히 대답은 주지 않았다. 문제가 있는 걸까? 나는 속은 시끄러우면서도 겉으로는 태연한 척하며 릴리를 계속 바라보았다. 그러자 릴리도 결국 항복했다.

“알았어. 자세한 건 모르는데, 결과가 아주 좋지는 않다고 들었어. 동맥류가 있다고 나왔나 봐.”

물을 짜내려고 비튼 행주처럼 목구멍이 막혀 왔다.

“네? 그게 무슨 소리예요?”

“할머니의 편두통과 어지러움의 원인이 밝혀졌다는 거야. 그건 좋은 거지. 동맥류가 있어도 오래 살 수 있어. 그런 게 있어도 있는 줄도 모르고 사는 사람이 많다는 걸 어디서 읽었거든.”

릴리는 내 어깨에 손을 얹었다.

“다음 주에 색전술을 할 거야. 아드님이 주말에 오신대. 아들이 올 때까지 기다렸다가 수술해 달라고 하신 모양이던데?”

현기증이 났다. 비올레트 할머니는 버틸 거라고, 쓰러지지 않을 거라고 속으로 계속 중얼거렸다. 릴리가 “수술도 잘 될 거고, 플로랑 부인 회복하실 거야”라고 한 말에 등골이 오싹했다.

나는 충격에 휩싸인 채 식당으로 내려갔다. 노인들이 다과를 즐기고 있었다. 나는 흔들린 마음을 들키지 않으려 애썼다. 로맹은 알뱅 할아버지에게 요거트에 부셔 넣은 비스킷을 먹이고 있었다. 아이에게 하듯이 숟가락을 입에 갖다 대고 턱으로 흘러내리는 요거트를 참을성 있게 닦아 주었다.

“괜찮아?”

로맹이 나를 보더니 물었다. 나는 어깨만 한 번 으쓱하고 가짜로 웃어 보였다. 모일 사람들은 다 모여 있었다(방에서 쉬고 있는 비올레트 할머니만 없었다). 그런데 환자들 표정이 장난치려고 준비하는 아이들 같았다. 나는 무슨 일이냐고 물었다.

"닷새 뒤가 비올레트 생일이야."

그렇게 말하는 폴레트 할머니의 통통한 볼살이 살짝 떨렸다.

조르주 할아버지가 수첩을 꺼내 증거물처럼 내보였다. 수첩에는 깨알 같은 글씨가 적혀 있었다.

비올레트 플로랑 : 1933년 2월 25일

"조촐한 생일 파티를 해 주면 어떨까 해서……."

엘리자베트 할머니가 시작한 말을 드니즈 할머니가 말을 마쳤다.

"기념하는 차원으로."

그리고 둘이 합창했다.

"여기서 맞는 첫 번째 생일이잖아. 얼마나 중요해."

어린아이처럼 반짝이는 눈을 보니 가슴을 짓누르던 무게가 조금 가벼워졌다. 나는 로맹을 보았고, 우리 둘은 잠시 웃었다. 그 잠시가 잠시보다 훨씬 오래인 것처럼 느껴졌다.

"가족 접견실을 예약할게요."

로맹은 내게서 눈을 떼지 않고 말했다.

가족 접견실은 지인과 가족이 방문할 때 사용하는 공간이다. 크리스마스나 생일처럼 특별한 날에 이용할 수 있다. 나도 아이디어가 떠올랐다.

"저도 아드님에게 연락해 볼게요. 이번 주말에 요양원에 오신다고 했거든요. 특별한 파티를 한다고 하면 반대하지 않으실 거예요."

노인들은 탄성을 지르며 내 아이디어를 좋아했다. 준비에브 할머니에게도 연락해야지. 할머니는 2주 전에 요양원에 와서 비올레트 할머니와 몇 시간을 함께 보내며 얘기를 나누고 간 적이 있다.

나는 릴리에게 찾아가 생일 파티를 해도 되는지 물었다. 릴리는 곧바로 허락했다.

"아주 좋은 생각이야, 카퓌신."

그건 내 아이디어가 아니었다고 말하고 나서 몇 가지 준비할 것을 챙겼다. 퇴근 시간이 되자 나는 행동에 나서기로 했다. 비올레트 할머니의 수술을 막을 수 없다는 생각이 들자 무서웠다. 하지만 부정적인 생각만 하면 무슨 소용일까. 나도 성장하고 앞으로 나아갈 때가 되었다. 할머니에게 잊지 못할 생일을 선물하기 위해 최선을 다할 작정이다. 그리고 또 다른 결심을 했다. 끝없는 질문은 이제 하지 않기로.

아빠 방을 뒤져서 아빠가 숨기는 걸 찾아내고야 말겠다.

24. 상자

휴대전화를 보니 새 메시지가 와 있었다.

마르고 : 내가 안 가도 되겠어?

나 : 응. 걱정 마.

사실 오라고 하고 싶었다. 오늘은 힘든 날이어서 친구가 오면 위로될 것 같았다. 하지만 침대에 널브러진 나는 썰렁한 농담과 행복한 기분으로 등장할 친구를 맞이할 힘이 없었다. 내게 필요한 건 혼자 있는 것이었다.

마르고 : ☺

나는 전화기를 아예 꺼 버리고 '상드라'라는 라벨이 붙은 상자를 바라보며 꼼짝하지 않고 있었다. 아빠가 상자 뚜껑에 엄마 이름을 쓰고 안에 수많은 편지 봉투를 넣어 두었다. 편지 봉투는 개봉되어 있었고 한 봉투에서 사진 한 귀퉁이가 빠져나와 있었다. 상자를 열고 싶은 마음은 굴뚝같지만(얼마나 열고 싶었는지 소리를 지르고 싶을 정도다) 무릎 위에 올려놓은 상자는 한 시간째 그대로 있다. 항상 던져 왔던 질문들이 머릿속에 맴돌았고 나는 흠집 난 레코드판처럼 같은 질문에 부딪혔다.

아빠는 도대체 무엇 때문에 편지들을 옷상자 뒤에 숨겨 두었을까? 왜 한 번도 내게 말하지 않았을까?

내 방 선반에는 엄마 사진으로 채워진 앨범이 여러 권 있다. 아빠는 내가 앨범 보는 걸 막은 적이 없다. 오히려 엄마가 날 얼마나 사랑했는지 잊지 말라고, 그 앨범들이 엄마가 날 사랑한 증거라고 항상 말했다. 엄마에 관한 추억을 간직하는 게 중요하다고도 했고, 내가 좋아하는 엄마 사진을 액자에 넣어 주기도 했다. 나와 엄마가 같이 찍은 사진이었다. 엄마는 카메라가 아니라 나를 바라보고 있었다. 내가 일곱 살 때였던 것 같다. 긴 머리를 양 옆으로 늘어뜨린 나는 엄마가 태우는 간지럼에 깔깔대고 있었다. 앞니 두 개가 빠진 게 보였고 엄마의 사랑 가득한 눈빛도 보였다.

액자는 침대 머리맡에 두었다. 아침에 일어나면 가장 먼저 눈에 들어오고, 밤에 잘 때면 가장 마지막에 보는 것이 그 사진이다. 나는 가끔 반들반들한 사진을 쓰다듬으며 그 순간을 기억해 보려 한다. 기억나지는 않지만. 이제 엄마는 사진 뒤로 보이는 그림자에 지나지 않는다.

나는 무릎 위에 놓인 상자에서 눈을 떼지 않았다. 아빠가 왜 이 상자의 존재를 숨겼는지 도무지 이해되지 않았다.

비올레트 할머니가 한 말이 내 안에서 울렸다.

'네가 알게 될 일이 아주 큰 고통을 줄 수 있어.'

할머니가 옳은 걸까? 내가 판도라처럼 금지된 상자를 열어 끔찍한 것이 밖으로 튀어나올까? 나는 한숨을 크게 내쉬며 상자를 닫은 뒤 침대 밑에 상자를 넣었다. 나중에 열어 봐야지. 지금은 아직 준비가 덜 된 것 같다. 엄마가 돌아가신 지 2년밖에 안 되었으니 조금 더 기다려도 되겠지. 아주 조금만 더.

나는 부엌에 가서 차를 끓였다. 설탕을 듬뿍 넣은 뜨거운 차를 일어선 채로 마셨다. 손이 벌벌 떨려 찻잔에 잔물결이 일었다.

"나 참! 그만 좀 해!"

나는 큰 소리로 외쳤다. 마르고에게 전화를 걸어 신세 한탄이나 하려고 휴대전화를 다시 켰다. 여느 때처럼 마르고는 나보다 한술 더 뜰 거고, 여느 때처럼 나는 쓸데없이 칭얼댈 거다.

그때 화면에 알림이 떴다.

새 메시지가 도착했습니다.

마르고가 아니라 비올레트 할머니의 아들 앙투안 아저씨였다.

앙투안 플로랑 : 일요일 아침 11시 30분 도착 예정

어제 깜짝 생일 파티 때문에 연락했었다. 아저씨도 미적지근했지만 좋다고 했다.

"어머니가 피곤하시면 안 되니까 간단하고 아주 짧게 끝낼 수 있도록 해 주세요."

'찬물 끼얹는 데 선수시네.' 나는 전화를 끊으며 생각했다. 내 열성에 찬

물을 끼얹다니! 하지만 아저씨 말이 맞는다면? 할머니 수술이 다음 주인데 이렇게 파티를 하는 게 잘하는 일일까? 나는 교대 시간에 동료들에게 의견을 물었다. 릴리가 입을 열었다.

"올해의 파티도 아닌데 뭘 그래? 친구들 몇 명과 평소보다 조금 더 맛있는 걸 먹자는 것뿐이야."

파트리시아도 의견을 말했다.

"난 파티가 도움이 될 거라고 생각해."

희한했다. 행진 이후 파트리시아가 다르게 보이는 것이다. 항상 엄격하고 짜증만 유발했는데 더는 차갑고 무뚝뚝해 보이지 않았다. 능률만 따지는 겉모습 뒤에 자기 일을 진심으로 사랑하는 사람이 숨어 있었다. 파트리시아는 일을 성에 차게 잘할 수 없는 상황에 괴로웠을 거다.

나는 마르고가 아니라 준비에브 할머니에게 전화를 걸었다. 파티가 열리려면 모든 게 완벽하도록 바쁘게 움직여야 했다. 준비에브 할머니는 초대에 기뻐했다. 나는 할머니에게 밤새 떠오른 빛나는 아이디어를 말했다.

"비올레트 할머니가 가장 반가워할 사람이 누굴까요? 아드님과 요양원 친구들 빼고요."

할머니가 답을 찾지 못하자 나는 결국 터뜨리고 말았다.

"당연히 껌딱지죠!"

"하지만……."

"저도 알아요. 요양원에 동물을 데리고 올 수 없다는 거죠? 그래서 할머니만 괜찮으시다면 댁에 가서 영상을 찍었으면 해요. 돈을 조금씩 모아서 디지털 액자를 선물하려고요. 비올레트 할머니가 분명 좋아하실 거예요."

"그게……."

"방해되지 않게 할게요. 아무리 길어도 15분 안에 끝낼게요."

나는 빌고 또 빌었다. 새 보금자리에서 잘 사는 껌딱지를 보고 감탄할 할머니를 생각하니 심장이 따뜻하게 녹아내리는 것 같았다. 할머니도 감동할 테니 무슨 일이 있어도 준비에브 할머니를 설득해야 한다. 할머니는 한동안 대꾸가 없었다. 전화기 너머의 침묵이 무겁게 느껴졌다.

"문제가 있을까요?"

"그게 내가 말하려던 거야……. (머뭇거리더니) 껌딱지가 집에 없어. 찾을 수가 없어."

심장이 철렁 내려앉았다. 껌딱지는 준비에브 할머니 집에 들어간 이후 두 번이나 집을 나갔다가 돌아왔다고 한다. 그런데 이번에는 다르다. 열흘 전에 집을 나가서 아직 소식이 없다.

"도망가지 못하게 최선을 다했거든. 방법이 없어서 가둬 놓기까지 했어. 그런데 녀석이 너무 집을 나가고 싶어 하는 거야."

"가뒀다고요?"

"응. 처음에 녀석이 사라졌을 때 얼마나 놀랐던지. 비올레트에게 잘 돌보겠다고 약속했으니까. 이제는 사실대로 얘기해야겠지?"

할머니의 목소리가 점점 약해지는 걸 보니 이대로 두면 쓰러질 것 같았다. 나도 함께. 나는 할머니 잘못이 아니라고 위로했다. 어떻게 보면 나도 내 방에 껌딱지를 가두었던 셈이다. 희한하게도 내 방에는 금세 적응한 것처럼 보였지만. 주인에게 버림받은 걸 상기시키는 빈집을 보고 있느니 차라리 동네를 완전히 벗어나고 싶었던 건지도 모른다.

이제는 내가 고양이 입장까지 생각해 주는구나.

그래 봤자 소용도 없지만 나는 "빌어먹을!"을 몇 번이나 내뱉었다. 그러고 나니 속이라도 시원했다. 나는 식어 버린 차가 담긴 잔을 싱크대에 놓았다. 생일 파티가 실패로 돌아가지 않으려면 어떻게 해야 하지? 눈 딱 감고 거짓말을 해? 아니면 할머니가 사실을 알기 전에 껌딱지를 찾아?

문득 이미 늦었을지도 모른다는 생각이 들었다. 이미 차에 치였거나 동물 보호소에 잡혀갔을지도 모른다.

왜 더 일찍 생각하지 못했을까? 나는 인터넷에서 전화번호를 뒤져 가장 가까운 동물 보호소의 연락처를 알아냈다. 내일 아침 일찍 전화를 걸기로 마음먹으며 번호를 적었다. 다행히 내일은 오후 근무다.

껌딱지 얘기가 얼마나 괴로웠던지 침대 밑에 밀어 둔 상자의 존재까지 완전히 잊었다는 사실을 깨달았다.

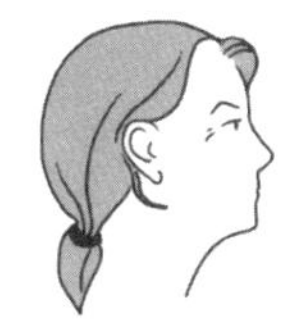

25. 깜짝 선물

앙투안이 11시 59분도 아니고 12시 1분도 아닌 12시 정각에 나를 데리러 왔다. 나는 벌써 몇 시간 전에 준비를 마쳤다. 간호사가 강한 진통제를 주었는데, 편두통이 완전히 사라지지는 않았지만 멍한 불편감만 남아서 오늘 하루를 무리 없이 보낼 수 있을 것 같다.

방에 들어서는 앙투안은 기품이 넘쳤다. 내 아들. 늘 입고 다니던 바지 대신 오늘은 신경 써서 말끔한 회색 양복을 입고 나타났다. 회색 양복은 결혼식이나 장례식 같은 중요한 날에만 꺼내 입는 건데. 오늘은 내 생일이라고 입은 모양이다. 나도 오늘 한껏 차려입었다. 초록색 바탕에 노란 꽃무늬가 있는 원피스를 골랐다. 내 기분과는 완전히 상반되는 아주 밝은 분위기의 옷이다. 수술 얘기를 들은 뒤로 부정적인 생각이 거미줄에 걸린 벌레처럼 떠나지 않는다.

못 깨어나면 어쩌지? 내일이면 끝인 건가?

요양원에 들어왔던 날 '그래, 드디어 죽음의 복도에 서 있구나' 라고 생각했지만 지금보다 무섭지는 않았다. '이제 살날이 얼마 안 남았어. 길 끝에 다다른 거야' 라는 생각이 위안이 될 정도였다. 하긴 죽음을 준비한 지는 오래되지 않았던가?

그런데 상황이 바뀌었다. 어쩌면 내가 바뀐 건지도 모르겠다. 내가 아는 건 오늘 나는 살고 싶다는 것이었다. 조금만 더.

앙투안이 볼에 가볍게 입을 맞추며 인사를 했다. 용연향이 섞인 향수 냄새가 났다. 아들의 눈가에는 웃을 때 주름이 선명했다.

"아주 아름다우십니다, 여사님. 데이트 약속이라도 있으세요?"

나는 방금 드라이한 머리를 만지며 소녀처럼 웃었다. 이 가벼운 순간을 무심히 흘려보낼 수도 있지만 이제는 언제 다시 경험할지 모를 소중한 순간이었다. 나는 문을 열어 주려는 앙투안의 팔을 붙잡았다.

"할 얘기가 있어."

앙투안은 얘기가 시작되기를 인내심 있게 기다렸다. 그런데 머릿속에서 수없이 되뇌었던 말이 입 밖으로 나오지 않았다. 침이 마른 상태로 겨우 입을 열었다.

"네 아버지에 대해 말해 주마. 내 말은, 레옹에 대해서. 너도 레옹이 친아빠가 아니라는 걸 알지?"

"그만하세요!"

앙투안은 침울한 눈으로 나를 바라보았다. 마치 입 밖으로 나오는 말에 매달려 소리가 나지 않도록 막으려는 것 같았다. 아들은 내 팔을 잡은 손에 힘을 주었다. 나는 그 손에 내 손을 올려놓고 팔을 풀게 했다. 아들은 굳은 얼굴로 팔짱을 꼈다.

"전 말하지 않을래요. 게다가 지금 꼭 해야겠어요?"

"화났구나. 그럴 만도 해. 이런 얘기를 할 기회를 좀처럼 만들지 않았잖니. 그러다 보니 벌써 오래전에 우리 관계가 틀어졌어. 어쩌면 말할 시간을 잘못 잡았는지 모르겠지만 지금보다 더 좋은 때도 없다."

나는 다리가 후들거려 침대 가장자리에 걸터앉았다.

"내일 수술 받기로 했어. 수술이 어떻게 될지 모르겠다. 확실한 건 너한테 정직하지 못한 엄마로 세상을 떠나고 싶지 않다는 거야."

아들의 눈빛에서 화가 가시고 슬픔이 어렸다. 또 다른 것도 보였다. 두려움인가?

"그런 말 마세요, 어머니. 다 잘될 거예요. 색전술은 요즘 흔한 수술이에요."

아들은 퉁명스럽게 안심시키려 했지만 설득력은 없었다.

"네 말이 맞을 수도, 아닐 수도 있지. 그건 중요하지 않아. 내가 너한테 얘기를 하고 싶어. 네 모든 질문에 답해 주고 싶고. 얼마 전에 누군가가 깨닫게 해 줬어. 침묵하는 건 비겁해서라고. 그 사람이 나를 제대로 파악했지. 나는 비겁했지만 지금은 그렇지 않아."

앙투안은 고개를 저으며 피식 웃었다.

"어머니한테 묻고 싶은 게 있으면 물을게요. 오늘은 없어요. 생일 파티를 제대로 하려고 장소도 미리 알아봤다고요. 그러니까 이 얘기는 나중에 해요. 알았죠?"

앙투안은 불안한 듯 애원하는 눈빛으로 나를 보았다. 나는 고개를 끄덕이고 자리에서 일어나 다시 아들의 팔짱을 꼈다. 방을 나오자 아들이 방문을 닫았다. 아주 조심스럽게.

"알았다."

나는 아들을 뒤따르며 중얼거렸다. 방금 닫힌 건 방문뿐만이 아니라는 걸 느꼈다.

기나긴 몇 분이 흐르고 가족 접견실에 도착하자 차렷 자세로 서 있던 사람들이 즐거운 비명을 지르며 나를 맞아 주었다.

"서프라이즈!"

모두가 그 자리에 있어 주었다.

폴레트, 쌍둥이 자매, 알뱅, 조르주 등 우리 테이블 멤버들이 자기가 가진 옷 중 가장 멋진 옷을 골라 입고 왔다. 준비에브도 알록달록한 원피스로 멋을 부렸다. 때가 타도 눈에 띄지 않으니 매일 꺼내 입는 블라우스 같았지만. 도서관에서 일하는 조르제트와 아폴린도 와 주었다. 손녀 레안은 모르는 사람이 많아서인지 무리와 조금 떨어져 있었다.

감정이 벅차올라 다리가 후들거렸다. 앙투안이 나를 의자까지 부축해 준 것 같다. 아들은 나를 '주인공 자리'라며 테이블 상석에 앉혔다. 그 말을 하면 좋아할 거라고 믿었는지 씩 웃었다. 조금 전 나누지 못한 대화는 잠시 잊자.

나를 짓누르던 불편한 감정을 쫓고 이 아름다운 순간을 즐기자. 덧없는 것을 영원히 기억하기 위해서. 하이쿠의 철학이 '아무리 덧없더라도 순간을 즐기자'는 것 아니었던가?

친구들과 가족들이 한 사람씩 선물을 주며 볼에 입을 맞추었다. 내 앞에는 금세 가지각색의 선물들이 쌓였다. 가장 큰 선물은 앙투안이 준 것이었다. 아들은 리본으로 장식한 커다란 상자를 내 앞으로 밀고 왔다.

"선물 여는 거 도와드릴게요."

아들은 말이 떨어지기 무섭게 상자를 열었다. 상자 속에서는 최신식 보행기가 나왔다.

“성능이 가장 좋은 모델이에요.”

아주 잠깐, 앙투안의 얼굴에서 자기가 그린 그림을 선물로 주던 어린아이의 환한 표정이 보였다. 그 그림을 자석으로 냉장고에 붙여 두곤 했었는데……. 보행기의 장점을 일일이 설명하는 아들에게 나는 “정말 편리하구나!”라고 말해 주었다. 속으로는 ‘이 물건으로 나를 혼자서는 걷지도 못하는 늙은이로 만드는구나’라고 생각하면서. 손녀가 나를 꼭 안으면서 속삭였다.

“남편이랑 아이들은 디저트 먹을 때쯤 올 거예요. 말썽꾸러기들이라 식사하는 데 방해될 것 같아서요.”

법학을 전공한 레안은 직업 대신 가족을 택했다. 5년 전에 쌍둥이를 낳았고, 2년 더 있다가 막내를 낳았다. 사내아이 셋을 모아 놓으면 태풍보다 더 정신이 없는 건 사실이다. 나는 증손자들을 깊이 사랑한다. 레안의 모성애도 이해한다. 하지만 손녀가 빨리 일을 다시 시작하기를 바란다. 말은 꺼내지도 못했지만 말이다.

“생신 축하드려요, 할머니.”

레안은 긴 직사각형 모양의 상자를 건넸다.

열어 보니 제비꽃 모양의 예쁜 목걸이가 들어 있었다.

“오, 레안! 너무 예쁘구나!”

손가락이 가늘게 떨려서 레안이 목걸이를 대신 걸어 주었다.

“할머니 버릇 나빠지겠다.”

나는 사람들의 관심에 감동해 나지막한 소리로 말했다.

조르제트와 아폴린은 책을 선물했는데, 그중 하나는 일러스트레이션이 들어간 하이쿠 모음집이었다. 폴레트와 다른 노인들은 디지털 액자를 선물해 주었다.

"카퓌신도 함께 골랐어."

조르주가 설명했다.

"사실 카퓌신 아이디어였지. (문 쪽으로 눈짓을 하며) 무슨 꿍꿍이인지 모르겠네. 들른다고 했는데."

카퓌신이 그저 환자에 불과한 나에게 이렇게 관심을 가져 준다고 생각하자 눈물이 고였다. 정말 아름다운 하루였다. 비가 오고 흐린 날들이 지난 뒤 뜬 무지개처럼 기적 같았다. 이런 생각을 하고 있는데 두 가지 믿기지 않는 일이 동시에 벌어졌다.

우선 내 뒤에 있던 앙투안이 내 어깨에 손을 얹었다. 아들은 내 귀에 대고 속삭였다.

"그 대화 꼭 했으면 해요. 조금 전에는 갑자기 말씀하셔서 당황했는데, 이제 준비된 것 같아요."

나는 뒤돌아보지 않고 아들의 손을 잡았다.

그러고 나서 카퓌신이 당당하게 웃으며 문을 열고 들어왔다.

"짜잔!"

그것은 그날 일어난 가장 놀라운 사건이었다.

26. 완벽한 순간

동물 보호소에 전화할 생각이 든 뒤로 모든 것이 빠르게 진행되었다. 토요일 오전에 전화를 걸어 껌딱지가 사라져서 걱정돼 죽겠다며 직원에게 껌딱지의 생김새를 알려 주었다. 얼음처럼 차가웠던 직원은 최근에 들어온 고양이 중에 내 설명과 일치하는 고양이가 있는 것 같다고 말했다. 유기 고양이를 매일같이 보니까 확실하지는 않다고 했다. 나는 껌딱지를 버린 게 아니라고 강조하면서도 주인이 이웃에게 부탁했는데 도망친 것 같다는 말은 쏙 뺐다.

"빨리 확인하러 오셔야 해요. 열흘 이상 보호소에 두지 않거든요. 그 이후에는 건강 상태에 따라 운명이 결정돼요. 건강한 고양이였나요?"

직원이 묻자 껌딱지를 찾았을 때 비쩍 말랐던 모습이 생각났다. 내 목소리가 약간 떨렸다.

"오늘 저녁에 가도 되나요?"

'보호소에 두지 않는다'는 말이 무슨 뜻인지 생각조차 하기 싫었다. 안락사시킨다는 건가? 아니면 평생 우리에 가둬 놓는다는 건가? 그렇게 생긴 유기 고양이를 원하는 사람은 없을 텐데! 나는 머리에 떠오르는 이미지들을 물리치려 애썼지만 갑자기 모든 게 뒤죽박죽되었다. 엄마의 죽음, 비올레트 할머니의 수술, 껌딱지의 운명…….

머릿속에서 누전이 일어났다.

“저녁 7시에 닫아요. 오늘 아니면 월요일까지 기다리셔야 해요.”

직원은 여전히 단조로운 목소리로 말했다.

심장이 터질 듯 뛰었다. 숨쉬기가 곤란했다. 공황 발작이었다. 사고 이후 이런 일이 여러 번 일어났다. 나는 바보같이 카펫 위에서 질식해 금방이라도 숨이 멎을 것 같았다.

눈을 감고 근육의 긴장을 풀자. 머릿속을 비우자. 그렇게 한참 있자 심장 박동이 제자리를 찾았다.

일요일까지 기다릴 수는 없었다. 우선 껌딱지가 그곳에 있는지 확인해야 했다. 비올레트 할머니의 소중한 고양이가 우리에 갇혀 있는 걸 알면서 천연덕스럽게 할머니의 생일을 축하할 수는 없는 노릇이었다. 최대한 빨리 움직여야 했다.

캐리어를 가지고 있는 준비에브 할머니에게 전화를 걸었지만 받지 않았다. 그래서 마르고에게 연락했는데 이번에도 음성 사서함으로 넘어갔다. 공황 발작 기미가 다시 슬슬 올라오는 걸 느끼며 연락처를 훑어 내려갔다.

로맹. 생일 파티를 같이 준비하자며 로맹이 자기 전화번호를 줬었다. ‘통화’ 버튼을 눌렀다.

‘받아라, 받아! 제발!’

“여보세요?”

로맹의 저음이 들렸다. 나는 속사포로 상황을 설명했다. 비올레트 할머니의 고양이, 고양이의 첫 번째 가출, 우리 집에서 지냈던 일, 마지막 가출과 동물 보호소, 그리고 사형 집행에 대해서 말했다. 로맹이 날 미쳤다고 생각할 거다.

전화기 너머에는 고요한 침묵만 흘렀다. 무슨 말인지 이해하지 못했나? 이걸 처음부터 다시 다 설명해야 하나? 이런 생각을 하고 있는데 그가 아주 차분하게 말했다.

"지금 갈게. 내려와서 기다려."

나는 여전히 흥분한 상태로 전화를 끊었다. 하지만 안심이 되었다. 이 지옥에 나 혼자만 있는 게 아니었다. 문자로 우리 집 주소를 보낸 다음에 껌딱지가 정말 보호소에 있을 상황에 대비해 캐리어로 쓸 만한 게 있는지 찾아보기 시작했다. 책상 위에 큰 가방이 보였다. 내가 잡동사니를 넣어 다니는 가방이다. 침대에 내용물을 쏟았다. 지갑에는 5유로 지폐 한 장과 동전 몇 개가 있었다. 나는 저금통을 꺼내서 가방에 쑤셔 넣었다. 지체할 시간이 없다.

그러고는 거리로 뛰쳐나갔다. 마음이 급해서 관자놀이가 욱신거렸다. 로맹은 대체 왜 아직 안 오는 거야?

그는 낡은 회색 자동차를 끌고 17분 뒤에 나타났다. 나는 이를 악물고 차에 올랐다. 가는 내내 우리는 한마디도 나누지 않았다.

"괜찮아?"

로맹의 질문에 나는 가방을 구명조끼처럼 부여잡고 고개를 끄덕였다. 내가 얼마나 걱정하고 있는지 말할 수가 없었다. 옆으로 살짝 비뚤어진 금발 가발을 슬쩍 매만지며 아침에 빨간 가발을 쓸걸 그랬다고 생각했다.

빨간 가발은 거의 쓰지 않는다. 그 가발은 핵폭탄이다. 수위에 공포를 조장하고 내 앞을 가로막는 사람들을 가차 없이 내몰기 때문이다.

로맹이 교통 법규를 있는 대로 지키면서 운전하니 답답해 미칠 지경이었다. 그래도 와 준 게 고마워 아무 불평도 하지 못했다.

안내실에 도착해서는 전화로 했던 얘기를 다시 한 번 처음부터 끝까지 해야 했다. 교도소 문처럼 꽉 막힌 안내원은 지난 몇 주 동안 들어온 고양이들을 보여 주겠다고 했다.

끔찍했다. 버려진 고양이 수십 마리가 있었다. 대부분은 길고양이였고 세 마리 정도는 고급 종이었다.

"이럴 수가! 이렇게 많으리라고는 상상도 못 했는데."

나는 울고 싶었다. 로맹이 그걸 눈치챘는지 내 손을 잡아 주었다. 내 첫 반응은 손을 뿌리치는 것이었다.

"이건 많은 것도 아니에요. 짝짓기 계절인 봄에 상황이 가장 안 좋아요."

보호소 직원이 말했다. 나는 천천히 우리 사이를 지나며 한 마리 한 마리 자세히 관찰했다. 많은 고양이가 형체를 알아볼 수 없는 상태로 바닥에 널브러져 있었고, 우리가 지나가는 걸 쳐다보는 고양이들도 있었다. 우리를 믿는 눈치라 더 가슴이 아팠다. 우리에서 나는 뜨뜻하고 시큼한 냄새에 숨이 막혀 입으로 숨을 쉬었다.

"사람들이 고양이를 들이고는 중성화 수술을 시키지 않아요. 조금 있으면 새끼 고양이가 넘쳐나서 손을 못 쓸 거예요."

"열흘 동안 여기 두시는 거죠?"

그렇게 묻는데 목이 메었다. 로맹이 다시 손을 잡으려 했다. 이번에는 나도 뿌리치지 않았다. 너무 두려워서 넘어질 뻔했다.

"네, 그게 규칙이에요. 칩을 심지 않은 고양이들의 주인을 찾으려고 하는

데 광고를 내도 나타나지 않으면 입양을 보내요."

"그럼, 그런 게 아니에요?"

나는 차마 그 단어를 입에 담지 못했다.

"안락사 말이죠? (직원은 이제야 알았다는 듯 웃었다) 아니에요. 안락사만큼은 피하려고 해요. 그건 고양이가 아플 때만 해요. 젖을 아직 떼지 않은 새끼들이 주로 병에 많이 걸리거든요. 코감기, 티푸스, 그런 병요."

직원은 내가 창백해지는 걸 보고 다급히 덧붙였다.

"그러기 전에 치료도 해요. 병원에도 보내고 새 가족을 찾아 주기도 하고요."

나는 아무 말도 하지 않았다. 껌딱지가 입양되었을 가능성에는 회의적이었다. 상처와 거친 피부 때문에 입양하기에 이상적인 고양이가 아니었다. 그러고 보니 껌딱지와 내가 닮았다는 생각이 들었다. 그런 생각을 하고 있는데 갑자기 껌딱지가 눈에 들어왔다.

"저 녀석이에요!"

내가 소리를 지르며 마치 물에 빠진 사람처럼 로맹의 손을 꽉 잡았다.

"이리로 오세요. 서류 작성하고 데려가시면 됩니다."

직원은 조금 더 친절해졌다. 나도 이런 곳에서 일해야 한다면 내 마음을 꽉꽉 걸어 잠글 것 같다.

로맹은 나를 보고 씩 웃었고, 나는 너무 안심되어서 깔깔 웃고 싶었다. 엄청 많은 서류를 작성하고 나자 직원은 우리가 껌딱지를 다시 데려가기 위해 내야 할 금액을 알려 주었다. 보호소 체류 비용 45유로에 칩 확인 비용 50유로. 가방에서 저금통을 꺼내면서 어떻게 하지 싶었다. 아기 돌보미로 일하며 벌었던 돈을 동전까지 다시 세어 봐도 27유로가 부족했다. 직원은 저금통과 안내대 위에 쌓인 작은 돈뭉치를 보며 이마를 찌푸렸다.

"아니면 월요일 아침 일찍 오시겠어요?"

직원은 할 수 없다는 듯 물었다. 나는 딸꾹질이 나오는 걸 참았다. 생일 파티는 내일이다. 기다릴 수가 없다. 그때 로맹이 영화 주인공처럼 나타나 지갑을 꺼내 들었다.

"월요일까지 못 기다려요. 모자라는 돈은 제가 낼게요. 고양이 데려갑니다."

우리는 재빨리 껌딱지를 챙겼다. 껌딱지는 내 품을 파고들었다. 준비에브 할머니는 여전히 연락이 안 된다. 오늘 밤에는 내가 데리고 있어야겠다. 내일은 어떻게 되겠지. 준비된 건 아무것도 없지만.

로맹은 나를 집 앞에 내려 주었고, 나는 모든 걸 처리할 수 있으니 걱정 말라고 했다. 껌딱지를 가방에 넣고 나는 최대한 조심하면서 집으로 들어갔다. 살금살금 방으로 걸어가 문을 아주 천천히 열었는데 아빠 목소리가 들려서 심장마비가 올 뻔했다. 아빠는 아무 소리도 내지 않고 복도에 나타났다.

"어디 갔다 왔니? (나만큼 겁을 먹은 고양이가 침대 밑으로 쏜살같이 달려가는 걸 보며) 저…… 저건 뭐야?"

그때 다 말할 수도 있었다. 요양원 환자의 고양이를 구하려고 저축했던 돈을 모두 써 버렸다고. 요양원 일과 비올레트 할머니가 내게 얼마나 중요한지. 필요 이상으로 할머니에게 정이 들어서 할머니를 잃을까 봐 얼마나 겁이 나는지.

나는 아무 말도 하지 않았다. 아빠가 내게 화를 내도록, 아빠를 존경하지 않는다고, 이기적인 아이라고 혼내게 내버려 두었다. 아빠는 고양이를 갖다 버리라고 말하고는 문을 쾅 닫고 나갔다.

나는 아무 말도 하지 않았다. 새장을 벗어나고 싶은 새처럼 한 가지 생각이 머릿속에서 이리저리 부딪히고 있었다. 나는 침대 밑에 웅크린 껌딱지와 그 옆, 상자에 담긴 편지들을 생각했다.

일요일 오후, 나는 아메리카 원주민들처럼 조심스럽게 요양원에 잠입했다. 로맹이 가족 접견실 문 앞에서 망보는 동안 나는 누가 보는 사람이 없는지 사방을 경계했다. 내가 들어섰을 때 비올레트 할머니는 테이블 한쪽 끝에 앉아 있었고, 아드님은 할머니 뒤에 서 있었다. 아드님이 할머니 귀에 대고 뭐라고 속삭였는지 모르지만 할머니의 눈이 눈물로 반짝였다. 나는 할머니에게 다가가 무릎 위에 내 가방을 올려놓았다. 할머니 볼에 입을 맞추며 인사를 했다. 담배 싸는 종이보다 더 얇은 할머니의 살이 내 볼에 와닿았다. 나는 "생신 축하드려요"라고 속삭였고, 할머니는 "고맙다. 네가 있어서 기뻐"라고 말했다.

그때 가방에서 야옹 소리가 나자 할머니의 눈이 휘둥그레졌다. 가방을 열자 바닥에 웅크리고 있던 껌딱지가 튀어나왔다. 실내에서 낯선 장소를 발견하는 건 이번이 두 번째였는데 마음에 안 드는 눈치였다. 비올레트 할머니가 떨리는 손으로 껌딱지를 만지자 껌딱지는 금세 자분해졌다. 할머니는 천천히 껌딱지를 들어 올려 품에 안았다. 껌딱지는 마치 자기 자리를 찾은 듯 할머니의 어깨에 머리를 기댔다. 그르렁 소리가 나한테까지 들렸다. 사진을 찍어야겠다고 생각했다. 이 장면이 영원히 변질되지 않도록 간직해야 했다.

하지만 나는 꿈쩍하지 않았다. 이 완벽한 순간이 끝날까 봐 두려워 손끝 하나 까딱하지 못했다.

비올레트 할머니가 웃었다. 할머니의 웃음은 사람들에게 따뜻한 온기를 퍼뜨렸다. 모두가 입을 다물었다. 처음에는 뜬금없던 침묵이 무언가 다른 것으로 변했다. 영혼이 조우한 듯 모두가 한마음으로 이어져 있었다. 그 감정이 얼마나 강했는지 이전에 일어난 일을 모두 지워 버렸다.

공황 발작도, 동물 보호소도, 아빠와의 싸움도. 그 모든 일이 나를 이 순간으로 인도했다. 그래서 좋았다.

27. 뚜껑을 열다

파티가 끝난 뒤 아빠는 내게 왜 그리 기분이 좋은지 물었다.

"왜 그렇게 활기차?"

요즘 그런 말을 쓰는 사람은 아빠밖에 없을 거다. 나는 안도의 한숨을 내쉬며 워커를 벗어 던졌다. 온종일 슬리퍼를 신고 다니니 발이 조이는 신발은 못 신겠다. 가방을 열어 껌딱지를 꺼내자 곧장 내 방으로 달려갔다.

"걱정 마. 빨리 해결책을 찾을게."

내가 말하자 아빠는 속지 않는다는 듯 눈썹을 들썩였다. 내 속임수를 눈치챈 것이다. 원래 준비에브 할머니가 껌딱지를 데려가겠다고 했다. 그때 그러라고 했으면 모든 게 다 해결되었을 텐데. 문제는 껌딱지가 십중팔구 가출할 거라는 점이었다. 다시 동물 보호소에 가면 이번에는 낼 돈도 없는데. 아빠는 더는 뭐라고 하지 않았다. 포기했다는 몸짓으로 오븐을 가리켰다.

"라자냐 덥혀 놨다."

"배 안 고파."

케이크를 큰 거로 두 조각 먹었고 준비에브 할머니가 집에서 구워 온 쿠키까지 먹은 탓이다. 아빠는 몸을 돌려 부엌으로 들어가 쟁반에 음식을 담았다. 다큐멘터리를 보면서 식사를 할 모양이다.

나는 침대에 쓰러져 숨을 계속 내쉬었다. 나는 왜 아빠한테 그렇게 화가 났을까? 아빠가 먼저 시비를 걸지도 않았는데 아빠가 미웠다. 껌딱지가 다가오자 나는 머리를 긁어 주며 말했다.

"어쩜 이름처럼 나한테 딱 붙어서는."

껌딱지의 그르렁 소리를 배경 음악처럼 들으며 한동안 그러고 있었다. 편지를 읽으면 비밀을 알 수 있을지도 모른다. 그런데 내가 정말 그 비밀을 알고 싶은 걸까? 결국 나는 결정을 내리고 침대 밑에서 상자를 꺼냈다.

한 시간 뒤, 내 주위에 편지지들이 널브러져 있었다. 온 사방에. 나는 침대에 앉아 무릎을 양팔로 감싸고 그 위에 머리를 박고 있었다. 조금도 움직일 수 없었다. 나는 차갑고 딱딱한 돌덩어리가 되었다. 편지에 쓰인 문장들이 눈동자에 박힌 듯 날아다녔다.

내 사랑,

돌아온 지 한 시간밖에 안 되었는데 벌써 당신을 보고 싶어. 누가 볼까 봐 서재에 숨어 사랑의 열병에 걸린 사춘기 소년처럼 이 편지를 쓰고 있어. 아내는 아무것도 눈치채지 못 했지만 상황이 부담스러워지기 시작했어.

단어 하나하나가 내 안으로 스며들어 길을 만들었다. 내 뇌리에 잉크를 붓고 박힐 때까지 기다린다.

주말에 강연회에 간다고 말했어. 드디어 당신 곁에서 아침을 맞이할 수 있겠군.

이제 당신도 그 사람에게 털어놔. 제발 부탁이야. 당신도 그렇게 한다면 난 이 결혼을 깰 준비가 되어 있어.

몇 시간이 흐른 뒤에야 나는 자리에서 일어났다. 냉기가 나를 감쌌다. 내가 알고 싶어 했던 진실이 나를 망연자실하게 했다.

'어떤 남자가 엄마를 사랑했고, 그 남자는 아빠가 아니었어.'

편지에는 항상 L이라는 대문자가 적혀 있었다. L이 누굴까? 나는 편지를 마구 구겼다. 그렇게 하면 거기 적힌 문장들이 뒤섞이면서 다른 뜻으로 변할까 싶어서.

당신은 큰 변화를 맞이할 준비가 됐어? 나는 벌써 준비를 마쳤어. 당신을 사랑하는 걸 더는 숨기지 않아도 돼.

나는 마지막 봉투에 담긴 사진을 꺼냈다. 보지 않으려고 눈을 질끈 감았다. 최종 단계는 도저히 넘을 수 없었다.

결국 눈을 뜬 나는 엄마를 안고 있는 남자를 보았다. 모르는 사람이었다.

방금 막 알게 된 사실에 경악한 채 얼마나 침대에 머물렀는지 모른다. 껌딱지 울음소리에 의식이 돌아왔다. 내게 몸을 비벼 와 필에 빳빳한 털이 느껴졌다.

"배고파? (껌딱지가 더 크게 울었다) 이리 와. 먹을 거 줄게."

침대에 편지를 잔뜩 쌓아 두고 방을 나왔다. 폭발해 버린 내 현실의 조각들을 모아 순서대로 다시 맞춰야 했다. 텔레비전 소리가 들려왔다. 아빠는 텔레비전 앞에서 잠든 모양이다.

냉장고에는 아무것도 없었다. 찬장에 참치 통조림이 보였다. 배고픈 껌딱지에게 접시를 내미는데 아빠의 목소리가 내가 갇힌 안개를 걷어 냈다.

"그 고양이는 어디서 났는지 말 안 할 거야?"

얼마나 깜짝 놀랐던지 접시를 떨어뜨릴 뻔했다. 접시를 바닥에 내려놓자 껌딱지가 그르렁거리며 달려들었다. 나는 아빠를 바라봤다. 몸이 조금 떨렸다. 아빠가 텔레비전을 끄자 무거운 침묵이 내려앉았다. 나를 뚫어지게 보는 아빠의 이마에 세로로 큰 주름이 파였다. 아빠한테 말할 수 있을까?

'나 편지 찾았어.'

말이 머릿속에서만 쌓였다. 폭풍우를 예고하는 먹구름처럼.

'나 편지 찾았어.'

아빠 얼굴에 돌을 던지듯 이 말을 내뱉고 싶었다. 아빠가 맞아서 상처 입도록.

'나 편지 찾았어. 다 읽었어.'

나는 그 말을 내뱉지 않았고, 그 말은 우리 사이에 벽을 세웠다.

식사를 끝내고 내 다리를 비비고 있는 껌딱지를 들어 올렸다. 나는 부엌을 나가며 툭 내뱉었다.

"여기 오래 있지 않을 거라니까."

심장이 터져 나올 것 같았다. 나는 아빠를 남겨 두고 방으로 돌아왔다. 침대에 펼쳐진 편지들을 일일이 펴서 다시 접은 다음 상자에 넣었다. 마지막으로 사진이 잘 보이게 넣은 다음 뚜껑을 닫았다.

28. 눈물

"밤에는 잠을 자야지."

로맹이 탈의실에서 나오는 나를 낚아채며 말했다.

거울로 내 모습을 슬쩍 보니 눈 밑이 거무스름한 게 꼭 좀비 같았다. 꼴 좋다. 오늘 나의 대량 학살 무기인 빨간 가발까지 썼는데. 나를 두려움 모르는 아이, 그 무엇도 꺾을 수 없는 여전사로 만들어 주는 가발.

오늘은 별 효과가 없군.

로맹은 말없이 웃으며 내 대답을 기다렸다. 하지만 난 말할 기운이 없었다. 문을 부수라고 풀어놓은 숫양처럼 머리를 숙이고 끔찍한 오늘 하루를 향해 달려 나갔다.

복도 분위기도 내 기분과 닮아 있었다. 행진과 로맹의 등장이 분위기를 잠깐 누그러뜨렸다가 저항 정신이 다시 끓어오르기 시작했다. 파트리시아는 '무기한 휴직'으로 출근하지 않았다.

"파트리시아는 번아웃 상태였어."

클로딘이 다른 간호사를 붙잡고 얘기 중이었다.

"놀랍지도 않아. 요양원에서 벌써 몇 주째 우리한테 얼마나 많은 일을 주는데."

"몇 주는 무슨. 몇 달째지."

내가 방으로 들어가는 바람에 두 사람은 나를 보지 못했다. 파트리시아가 번아웃이라니! 누구보다 튼튼한 사람이라고 생각했는데. 머릿속에서 아빠의 목소리가 다시 울려 퍼졌다.

'너무 힘든 직업이야. 짐승처럼 일해도 상사들이 인정해 주지 않을걸.'

기운이 빠졌다. 다 그만두고 싶었다. 아빠 말이 정말 맞는 걸까?

비올레트 할머니 방으로 향하면서 회의감은 접어 두었다. 할머니는 오늘 오후에 입원해서 내일 아침 일찍 수술 받을 예정이다. 생일 파티 얘기나 하면서 기분 전환 좀 시켜 드리고 싶었다. 할머니 얼굴에서 껌딱지를 만났을 때처럼 환해진 표정을 다시 보고 싶었다. 할머니가 강해지도록 나도 강해지고 싶었다.

그런데 다 망쳤다. 할머니를 침대에서 일으켜 의자에 앉힌 뒤 블라인드를 올렸다. 겨울 햇살이 한가득 들어오는 방에서 할머니의 목소리가 목덜미를 간지럽혔다.

"가발 새로 샀니?"

할머니는 "무슨 일 있어?"라고 묻듯 물었다. 내가 방에 들어서자마자 할머니는 뭔가 잘못됐다고 느낀 것이다. 입을 다물든지 할머니가 걱정 안 하게 거짓말을 하든지 해야 했다. 그런데 나는 모든 걸 쏟아 냈다. 입에서 말들이 앞다투어 튀어나왔다.

"편지를 찾았어요. 엄마에게 온 편지요."

"진실을 파헤쳤구나."

나는 뒤돌아 할머니를 바라보았다. 내 안에 간직했던 말을 용기 내어 말했고 할머니는 이해해 주었다. 그럼 앞으로 어떡하지?

할머니를 부축해서 욕실까지 이동했다. 비누, 때밀이 수건, 수건 등 목욕용품을 준비했다. 할머니는 끈질겼다. 그 투명한 눈으로 나를 꿰뚫듯이 관찰했다.

“내가 닦을 테니 넌 얘기나 해. 네가 얘기 안 하면 나도 병원에 안 갈 거야.”

결국 나는 수면 위로 떠올라 마른 땅을 밟는 느낌으로 이야기를 시작했다.

“진실에 관한 할머니 말씀이 옳았어요. 그건 큰 바윗덩어리 같은 거예요. 밑에 어떤 역겨운 진실이 깔려 있을지 몰라 들춰 보기 싫은 거요. 그 바위를 제가 들어 올렸어요. 그리고 그 빌어먹을 편지들을 읽었죠. 알아요, 알아. 진짜 너무 고통스러워요.”

할머니는 몸을 닦는 데 정신이 팔린 것처럼 아무 말도 하지 않았다. 하지만 할머니의 온 정신이 나를 향했다는 걸 느꼈다.

“엄마 애인이 보낸 편지였어요. 엄마한테 애인이 있었어요.”

말을 입 밖에 꺼내 놓으니 그때까지 없었던 현실이 나타났다. 그 말은 잠자는 곤충처럼 종이 위에 오랫동안 웅크리고 있었다. 내가 그 말에 목소리를 부여하자 말은 살아 움직였다.

“지난 2년 동안 엄마의 죽음을 슬퍼했어요. 2년 동안 엄마가 너무 보고 싶어서 아침마다 가슴이 뻥 뚫린 채로 잠이 깼어요. 엄마는 최고였어요. 아이가 어느 정도 컸는데도 빵에 버터를 발라 주는 그런 엄마였죠. 아이가 어깨에 기대어 울면 코를 닦아 주는 그런 엄마, 어떤 상황에서도 적절한 조언을 해 주는 그런 엄마요.”

눈물이 차올랐다. 눈물이 흐르지 않도록 하려고 숨을 크게 쉬었다. 안에서 분노가 끓어 올랐다. 쓰나미가 되어 모든 걸 휩쓸어 버릴 것 같았다.

"우리 완벽한 엄마를 생각하며 얼마나 울었는데요. 매일 밤 머리맡에 놓인 망할 놈의 사진을 보고 또 보고, 엄마 얼굴을 기억하려고 애쓰면서 잠들었어요."

나는 주먹을 꽉 쥐었다.

"엄마 얼굴을 잊어버릴까 봐 겁이 났어요. 엄마의 웃음소리, 엄마 냄새, 엄마 목소리……. 모든 게 흐려지고 있었어요. 아무리 기억하려고 해도 하나씩 하나씩 잊어버렸죠. 조금이라도 엄마를 잊을까 봐 겁에 질렸어요."

쓰나미가 점점 커졌다. 내 목소리는 팽팽하게 당긴 활처럼 긴장했다.

"그리고 그 편지들은……."

"엄마의 몰랐던 면을 발견했구나. 그러면 뭐가 달라지니?"

"전부 다요!"

내 외침이 작은 욕실 벽에 부딪히며 메아리쳤다. 그 소리는 배가 갈라지는 듯한 고통으로 다가왔다.

"내가 아는 엄마와 전혀 다른 사람인 것 같잖아요. 엄마는 바람을 피웠어요. 나를, 딸인 나를 속였고요. 얼마나 오랫동안 우리에게 거짓말했는지, 언제부터 이중생활을 했는지 알 길이 없어요. 엄마는 우리로 만족할 수 없었던 걸까요?"

비올레트 할머니가 몸을 다 씻었다. 빗을 세면대 옆에 내려놓고는 무슨 말을 할지 고민하는 것 같았다. 그러다가 그저 한숨만 내쉬고 내 볼을 쓰다듬었다. 그러고 나서 제비꽃 향기가 나는 향수병을 열었다.

"향수를 뿌리는 게 바보 같지? 나도 알아. 오늘 밤에 병원에서 샤워할 수도 있으니까. 그래도 어쩌겠니? 난 내게서 좋은 향이 나는 게 좋아."

할머니가 몇 시간 뒤면 병원으로 출발한다는 사실이 갑자기 생각났다. 나는 부끄러워 볼이 빨갛게 달아올랐다. 위험한 수술을 앞둔 할머니에게 어린 아이처럼 투정을 부렸다니. 난 못 말리는 이기주의자다.

"죄송해요. 제 얘기만 계속했네요. 이런 얘기, 할머니한테 하면 안 됐어요. 할머니는 여기 환자시고……."

나는 문득 자명한 사실을 깨닫고 말을 멈췄다. 할머니와 나는 환자와 요양사의 관계를 넘어선 지 오래였다. 우리 둘 다 그 사실을 잘 알고 있다. 할머니는 내 손을 잡고 웃었다. 마음이 따뜻해지는 그런 미소였다.

"나는 인생이 우울하고 외로운 거라고 믿었던 늙은이야. 왜 그랬냐고? 오랫동안 내 인생이 그랬으니까. 불평 많고 고집 센 할망구지. 웃지 마라. 내가 얼마나 불평하고 고집부릴 수 있는지 나는 아니까. 그러다가 운 좋게 너를 만났지. 너는 특별한 아이야. 흔하지 않아서 귀하지. 함께한 시간은 많지 않지만…… 네가 참 좋단다, 카퓌신."

할머니의 말을 듣자 편지를 읽은 뒤로 내 마음을 휩쓸었던 분노와 원망이 조금 누그러졌다. 나는 할머니를 두 팔로 감쌌다. 할머니의 연약한 몸을 꽉 안았다. 할머니도 나를 안아 주었다. 내게 두른 두 팔이 가슴 속에 꽉 찬 얼음을 녹였다.

눈물이 났다. 화나서가 아니라 어린 시절을 잃어버려서, 내가 알았던 내 가족이 사라져서 울었다.

내가 안고 있는 이 여자가 내게 중요한 존재가 되어서 울었다.

할머니를 떠나보내고 다시 못 볼까 봐 울다 겨우 말했다.

"저도 할머니 많이 좋아해요."

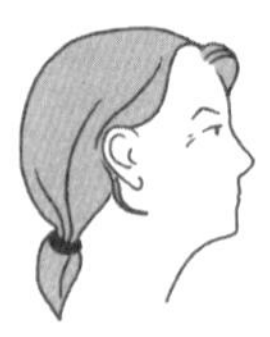

29. 명령

눈물이 마를 때까지 아이를 안고 기다렸다. 내가 아이에게 가졌던 애정이 온 힘을 다해 나를 관통했다. 이상하게도 아이를 위로한다고 생각했는데 오히려 내가 위로를 받았다. 카퓌신은 붉은 머리를 흔들며 내 품에서 벗어났다.

"서둘러야 해요."

"기다려 봐. 이제 좀 괜찮아?"

나는 더 낮은 목소리로 물었다. 눈이 빨개진 카퓌신이 코를 훌쩍이며 고개를 끄덕였다. 나는 꽃을 수놓은 손수건을 내밀었다. 요즘은 볼 수 없는 이 손수건은 내 어머니에게서 받은 것이다.

"더러워질 텐데요."

카퓌신이 거절하길래 나는 어깨를 으쓱하며 가져도 된다고 말했다.

"내가 이해한 게 맞는다면 사고가 일어난 날 아빠가 운전을 했기 때문에 아빠를 원망했잖아. 그런데 지금은 네가 생각지도 못했던 면을 발견해서 엄마를 원망하는 거고. 그렇지?"

카퓌신은 고개를 세차게 끄덕이며 내가 무슨 말을 할지 기다렸다. 나는 생일 파티 후에 아들에게 했던 고백을 떠올리며 카퓌신의 복잡한 감정을 이해시키려 했다.

"너처럼 어린아이가 견디기에는 너무 힘든 일들이구나."

카퓌신은 흥분하며 뒤로 물러섰다.

"제 말이 그 말이에요. 엄마가 아빠를 두고 바람을 폈잖아요. 그날 싸운 것도 엄마 때문이었어요. 그리고……."

"그래. 싸움이 일어난 다음에 사고가 일어났지. 엄마는 네가 생각하던 이상적인 엄마가 아니었고, 아빠는 네가 생각했던 것과 달리 엄마를 죽인 괴물이 아니었어."

카퓌신은 입을 열었다가 다시 닫았다. 나는 속으로 '빙고!'를 외쳤다. 카퓌신이 아프리라는 걸 알면서도 나는 멈추지 않았다.

"나도 완벽한 엄마가 아니었어. 그러려고 노력은 했지만. 아들에게 거짓말을 한 건 그래야 보호할 수 있다고 생각했기 때문이야. 나는 사람들이 나름대로 최선을 다하며 산다고 생각해."

카퓌신은 한숨을 쉬며 팔짱을 꼈다.

"솔직히 전 모르겠어요. 고민해 볼 거니까 돌아오시면 그때 다시 얘기 나눠요."

카퓌신은 천천히 일어나 나를 의자까지 데려다주었다.

"돌아오실 거죠?"

"물론이지."

속으로는 그렇지 않을지도 모른다고 생각하면서도 나는 씩씩하게 말했다. 카퓌신은 옷 입는 걸 도와주겠다고 했지만 혼자서도 잘할 수 있다고 말했다. 그랬더니 내 볼에 나비의 날갯짓처럼 가벼운 입맞춤으로 인사를 하고 퇴원하는 날 병실에 와 있겠다고 약속했다. 나는 인녕이라는 말은 정말 싫다고 생각하면서 목이 멘 채로 "곧 보자"라고 말했다.

선생님께 제출할 숙제를 하는 초등학생처럼 정성스럽게 종이 위에 글자를 적는다. 앉은 채로 무릎 위에 종이를 두고 쓰는 중이다. 침대에 눕고 싶지 않았다. 더는 선택의 여지가 없을 때까지 기다리고 싶다.

선택. 이 공책에 문서의 초안을 써 보기로 한 것도 선택하기 위해서였다. 손이 떨리는 걸 최대한 참으면서 첫 문장을 썼다.

> 아래 서명한 플로랑 비올레트(1933년 2월 25일 부르주 출생)는 이 문서를 통해 내 의사를 표명할 수 없는 상태가 되었을 때를 대비해 예비 지시 사항을 밝히고자 한다.

'예비 지시 사항'이라……. 유언장이라고 하기에는 희한한 이름이다. '나의 마지막 의사'라고 하는 게 낫겠다. 표현이 좀 구식이지만 내가 느끼는 감정에 더 잘 들어맞는다.

나는 죽을 의도는 없다. 그런 일이 일어나지 않도록 최선을 다할 작정이다. 하지만 이 나이가 되니 지혜가 쌓였는지, 내가 상황을 제어할 수 없다는 것도 잘 알겠더라. 그래서 미리 대비한다. 그래야 하니까.

문서를 작성하기 전에 상황을 더 정확히 파악하기 위해 목록을 만들었다. 첫 번째는 '내 두려움의 목록'이었다. 가장 먼저 생각난 것은 '죽기 두렵다'였다. 그다지 좋은 얘기도 아닌데 문장이 술술 써졌다. 기분이 좋았다. 죽음에 대해 생각하는 것은 이미 그것에 익숙해졌다는 뜻이다. 죽음은 길들일 수 없는 동물이 아니라는 걸 깨달았다. 죽음을 두려운 것으로 만드는 어둠 속에 머물면 안 된다. 나는 목록을 계속 적어 내려갔다.

• 죽음이 두렵다.

• 고통스러울까 봐 두렵다.

• 고통이 오래갈까 봐 두렵다.

• 혼자 죽을까 봐 두렵다.

• 기계로 삶을 연장할까 봐 두렵다.

다시 읽어 보니 가장 두려운 것은 죽음이 아니었다. 내가 두려운 것은 잘 죽지 못하는 것이었다. 의사와 앙투안에게 줄 문서에는 다음과 같이 썼다.

• 이 문서는 나의 정신 능력이 정상적인 상태에서 외부의 압력 없이 나의 자유 의지로 쓴 것이다.

• 나의 수명이 줄어든다고 하더라도 통증을 효율적으로 해소해 주기를 바란다.

• 나의 수명을 인위적으로 연장하는 효과만 있는 예방적 의료 행위, 진단 및 치료 행위를 시작하지도, 지속하지도 않기를 바란다.

이렇게 내 의사를 밝혔다. 이제 수술을 받아도 될 만큼 초연해졌다. 수술이 잘될 수도 있고, 그럴 경우 나에게 주어진 시간을 충실히 살아갈 것이다.

만약 저세상으로 가야 한다면 후회 없이 가고 싶다. 내 선택이 존중되기를 바라면서.

나는 인간답게 죽고 싶다.

30. 빨간 선

커피잔에 넣은 스푼을 휘휘 젓기만 한 지 벌써 10분째다. 조금 떨어진 곳에서 간호사 두 명이 점심을 먹고 있다. 두 사람이 나누는 대화의 파편들이 내 귀에 닿을 듯 말 듯 밀려왔다. 지겹다, 다 엉망진창이다, 이렇게 계속될 수는 없다……. 나도 죽을 것 같았다.

머릿속에는 여러 생각이 거슬리는 후렴구처럼 자꾸 떠올랐다.

'엄마에게는 애인이 있었다. 엄마는 우리를 배신했다.'

'엄마 아빠가 차에서 싸운 건 그 때문이다.'

그러다가 비올레타 할머니의 반박하는 말이 들렸다.

'네 아빠는 괴물이 아니야.'

'네 엄마는 네가 생각했던 완벽한 엄마가 아니야.'

'각자 최선을 다할 뿐이야.'

이런 생각들이 뒤죽박죽되면서 소용돌이를 일으켰다.

사고가 일어난 날 내 삶은 완전히 달라졌다. 사춘기 소녀의 발랄함은 모든 걸 갉아먹는 분노로 바뀌었다. 사고를 아빠의 잘못이라고 몰아붙였다. 누군가 책임져야 했다. 그런 감정이 내 몸 곳곳에 배어들었다. 아빠와 나누는 대화 하나하나를 물들였고, 현실을 검게 변색시켰다. 사랑하는 아내를 잃은 아빠가 얼마나 고통스러울지는 생각해 본 적도 없다. 아빠가 그토록 외로운 걸 지극히 당연하다고 생각했다. 이제 관점이 달라지니 엄마가 원망스럽다.

'각자 최선을 다할 뿐'이라고 할머니는 말했다.

사실 그 누구의 책임도 아니라면? 그게 그저 단순한 교통사고였다면? 이제 진실을 받아들여야 한다는 자각이 나를 채찍질했다. 이제 내가 느끼는 것은 화가 아니라 끝없는 슬픔이다.

등 뒤에서 저음의 목소리가 울리자 나는 놀라 비명을 질렀다.

"그러다 구멍 나겠다."

내가 아직도 젓고 있는 커피잔을 가리키며 로맹이 말했다. 정신이 번쩍 들었다. 휴게실에 아무도 없다는 사실을 이제야 알았다. 로맹은 커다란 몸집을 작업대에 기대고 커피를 새로 내리기 시작했다.

"방해할 생각은 없었는데. 무슨 생각을 그리 골똘히 해?"

나는 대꾸도 하지 않고 일어나 커피를 들고 가 싱크대에 버렸다.

"플로랑 할머니 소식 들었어? 수술이 잘된 것 같다는데."

할머니 얘기에 긴장이 풀어졌다. 겨울밤에 부드러운 담요를 어깨에 덮은 듯 따뜻한 기운이 온몸에 퍼졌다.

"응, 어제 아드님과 통화했어. 그때 회복실에 계신다고 했어. 수술도 잘 끝났다고."

앙투안 아저씨는 처음 만났을 때보다 거리감이 덜 느껴졌다. 생일 파티가 큰 역할을 했다. 아저씨는 파티를 정말 즐겼고 내게도 따뜻한 감사의 인사를 했다. 내가 전화를 거니 기뻐하는 눈치였다.

“전화 왔었다고 말씀드릴게요. 좋아하실 거예요. 어머니가 카퓌신 양을 정말 좋아하시는 것 같아요.”

나도 할머니가 좋다고 대답했다.

“무사히 수술이 끝나서 다행이에요. 다음 주 내내 입원하셔야 하지만요.”

담담하게 말하려고 했는데 목에서 쇳소리가 나와 그러지 못했다. 이틀 동안 잠을 거의 못 잔 탓에 갑자기 기절할 것 같았다.

“괜찮아?”

로맹이 물었다. 그의 갈색 눈이 따뜻하게 나를 살폈다. 그냥 예의상 묻는 게 아니었다. 정말 걱정하는 눈치였다.

“걱정 마. 어르신들은 생각보다 강하시니까.”

“맞아.”

나는 머리가 핑핑 돌며 구역질이 날 것 같았지만 겨우 참으며 말했다. 내 몸이 흔들리자 로맹이 잡아 줬다.

“이런, 이런!”

로맹은 나를 꽉 안으며 말했다. 그의 셔츠에 볼이 닿은 채로 세상이 빙글빙글 돌다가 멈출 때까지 기다렸다. 로맹은 차분한 목소리로 말했다.

“다섯까지 세면서 숨을 들이쉬고 일곱까지 내뱉어.”

나는 로맹이 시키는 대로 했다. 알코올과 용연향이 뒤섞인 로맹의 향수가 코를 자극했다. 조금씩 현기증이 가라앉았다. 식은땀에 흠뻑 젖은 나는 부드러운 로맹의 가슴에 찰싹 붙어 있었다. 나보다 큰 사람의 품에 안겨 있다는 건 기분 좋은 일이었다.

"이제 괜찮아?"

나는 고개를 숙이고 로맹의 발을 내려다봤다. 80년대에나 유행했을 법한 형광 농구화를 신고 있었다. 촌스러우면서도 멋졌다. 나는 무방비 상태가 되어 눈물을 터뜨렸다.

로맹은 다시 나를 팔로 감싸고 꼭 안아 주었다.

"괜찮아."

나는 딸꾹질하며 말했다. 이내로 울다가는 물웅덩이가 될 것 같았다. 바깥 세계의 조각들이 우리가 있는 곳으로 몰려오고 있었다. 마비된 듯 희미한 소리. 로맹은 아무 말도 하지 않았다. 그냥 거기 있어 주었다. 따뜻하고 편안하게.

난 한 번도 로맹에게 잘해 준 적이 없다. 처음 만났을 때도 투덜댔다. 그런데도 로맹은 군소리 없이 동물 보호소에 함께 가 주었다. 비올레트 할머니의 생일 파티 때는 말할 것도 없다. 내 문제에 파묻혀 고맙다는 인사도 하지 못했다.

"못되게 굴어서 미안해. 지금까지 다 고마워."

나는 로맹의 신발에 대고 말했다. 그러고는 갑자기 울음을 터뜨렸던 것처럼 이번에는 웃음을 터뜨렸다. 작은 휴게실에 껄껄대는 웃음이 길게 퍼졌다. 나는 로맹을 밀어냈다.

"그렇다고 날 비웃으면 안 되지!"

로맹은 고개를 저으며 씩 웃었다.

"넌 항상 이 모양이니?"

"뭐가?"

"늘 화를 내냐고."

"화내는 거 아니야."

"맞거든. 넌 항상 화가 나 있어. 그러니까 이렇게 감정이 터지는 게 정상이야."

"감정이 터진다고?"

"그래. 너랑은 항상 한 번은 좋고 한 번은 나빠. 그게 매력이지만."

로맹은 알쏭달쏭한 말을 했다. 이번에는 내가 씩 웃었다. 운 덕분에 가슴속에 꽉 막혀 있던 감정들이 깨끗이 씻겨 내려갔다. 로맹의 말이 다 틀린 건 아닌 것 같다.

"나 쉬운 여자 아니야."

내 말에 이중적인 의미가 있다는 사실을 깨달은 순간 볼이 빨개졌다. 로맹은 별 반응 없이 내 머리를 귀 뒤로 넘겨 주었다. 오늘 빨간 가발을 썼으니 흔들리지 않는 게 정상인데. 망했다.

"난 쉬운 사람 싫어해."

로맹의 낮은 목소리를 들으니 속이 울렁거렸다. 이번에는 샴페인 거품처럼 가볍고 꽤 기분 좋은 울렁거림이었다. 바로 코앞에 있는 로맹의 눈에 빨려 들어갈 것만 같다. 그의 갈색 눈에서 작은 노란 점들이 보였다.

"이 색 맘에 들어."

로맹이 내 가발을 가리키며 말했다. 날 놀리는 게 분명한데도 어쩐지 정말 진지한 태도였다.

다시 속이 울렁거린다.

"사실 네가 쓴 가발 색깔 다 맘에 들어. (로맹의 목소리가 더 낮아졌다)

그리고 가발을 벗으면 네가 어떤 모습일까 궁금해."

속이 울렁거리다 못해 뒤집혔다. 이번에는 기분 좋은 느낌이 아니었다. 나는 뒤로 물러섰다.

이걸 원한 게 아닌데. 바보같이 경계를 풀었다. 엉망이었다.

"나 가 봐야 해."

나는 손으로 얼굴을 쓱 닦고는 얼버무렸다.

다급한 마음에 도망치고 싶었다. 그런데 서두르다가 문 앞에서 발을 헛디뎠다. 더 바보같이 보이게.

"알았어."

로맹은 건배를 할 것처럼 커피잔을 들어 올리며 말했다. 하지만 로맹은 아무것도 몰랐다.

어떻게 알까? 2년 동안 나는 가슴 속에 폭탄을 묻고 살았다. 이제야 그 폭탄의 뇌관을 제거했다. 만약 로맹이 빨간 선을 잘랐으면 어떡하지?

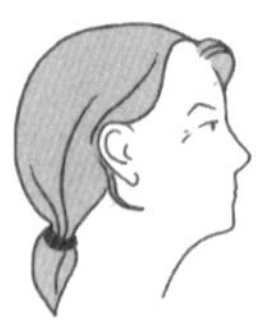

31. 가발

수술 날 아침, 앙투안은 병원으로 가는 구급차에 같이 타겠다고 고집을 부렸다. 그럴 필요 없다고 하는데도 소용없었다. 아마도 앙투안에게는 그게 중요했나 보다. 아무튼 나도 아들이 옆에 있으니 좋았다. 앙투안에게 출생에 관한 이야기를 들려주고 나니 우리 관계가 정상으로 되돌아온 것 같았다. 진작 얘기할걸 왜 그렇게 오래 망설였나 싶었다. 말하는 건 어렵지 않았다. 아주 오랫동안 수면 아래 가라앉아 있던 말들이 봇물 터지듯 쏟아져 나왔다.

내가 다른 남자를 만났고 그 남자는 앙투안의 존재를 모른 채 10년 전 세상을 떠났다고 알려 주었다. 앙투안을 친아들처럼 정성으로 기른 '진짜' 아빠는 내가 진실을 알린 그 순간 나를 바로 용서했다는 것도.

나를 진정으로 용서하지 못한 유일한 사람은…… 바로 나 자신이었다고도 말했다. 아무 소리도 내지 못하는 앙투안의 볼에는 굵은 눈물이 흘러내렸다. 내 잘못 때문에 자식이 우는 걸 보니 가슴이 미어졌다. 우리는 한동안 미동도 하지 않은 채 그 자리에 머물렀다.

"내가 밉지?"

이렇게 묻는 내 목소리가 갈라진 수정처럼 방 안에 메아리쳤다. 앙투안은 머뭇거리지 않고 대답했다.

"아뇨. 밉지 않아요. 재미있는 게 뭔지 아세요?"

앙투안의 입술이 장난꾸러기처럼 벌어졌다. 그 모습이 초등학교에 다니던 시절 길가에서 딴 데이지꽃 한 다발을 가지고 문간에 들어서던 어린아이의 모습과 겹쳐졌다.

"이 대화를 기다렸으면서도 최대한 미루려고 했다는 거예요. 어머니한테 화가 많이 났었어요. 그러면서 상황을 바꿔 보려고 노력은 하지 않았죠. 지금은 어머니를 미워하지 않은 지 오래됐다는 걸 알겠더라고요."

이번에는 내 눈에서 눈물이 나려고 했다. 안도감 때문이었다. 나는 더 용감해지려고 했다. 아직 다 끝난 게 아니었다.

"너한테 할 말이 더 있다. 걱정 마. 감추고 있는 비밀은 더는 없으니까."

나는 내 마지막 뜻을 글로 적어 놓을 생각이라고 말했다. 그런 걸 생각하기에는 너무 이르다며 앙투안은 말렸지만 나는 더 상의할 것도 없다고 했다.

"언제가 될지 몰라. 확실한 건 저세상으로 갈 때 어떻게 갈지 생각해 볼 준비가 되어 있다는 거야. 오늘 오후에 문서를 작성할 거니까 병원에서 사람들이 오면 네게 주고 가마. 내 지시 사항을 병원에 알려다오."

앙투안은 항복의 뜻으로 두 팔을 들어 올렸다.

"알았어요. 어머니 뜻대로 할게요. 아무튼 어머니가 선생님 말투를 쓰기 시작하면 아무도 못 말린다니까요."

앙투안 말이 맞는다. 나도 한 성격 한다. 스물다섯 명이나 되는 한 반 아이들을 맡으려면 그럴 수밖에 없다.

그런데 막상 수술실로 이동할 시간이 되자 단단했던 확신이 흔들렸다. 앙투안은 내게 몸을 숙여 귀에 대고 속삭였다.

"이따가 봐요, 엄마."

그러자 두려움도 조금 누그러들었다.

수술은 잘 끝났다. 의식이 돌아왔을 때 소세키의 시가 떠올랐다.

아침의 찬 기운 속에서
내 몸이 살아 있음을 느끼네
그대로 가만히 머무네

나는 살아 있다.

일주일 동안 병원에 있어야 했다. 심한 편두통에 머리가 터질 것 같았지만 그래도 나는 살아 있다.

어제 퇴원해서 요양원으로 돌아왔다. 옛날이었다면 요양원에 돌아오면 좋을 거라는 소리에 콧방귀를 뀌었을 것이다.

두통은 완전히 사라지지는 않았지만 견딜 만하다.

"이 늙은 몸뚱이가 아직 쓸 만한가 봐."

내가 릴리와 카퓌신에게 말했다. 하지만 샤워하려면 도움을 받아야 해서 기분이 썩 좋지 않았다. 그래도 이젠 뒤돌아보지 말아야지 결심했다. 혼자서 할 수 없는 일상의 행위들을 매일 세기 시작하면 다시 우울해질 게 뻔하다. 수술이라는 시련을 겪으면서 앞으로 남은 나날을 마음껏 누리자는 생각이 들었다. 뒤돌아보지 말자. 내일을 걱정하지 말자. 지금 이 순간을 누리자.

"당연히 아직 건강하시죠. 할머니만 모르셨나 봐요."

릴리가 맞장구를 쳐 주었다. 카퀴신은 의외로 말이 없었다. 아이는 예전에 썼던 갈색 가발을 쓰고 있었다.

"저는 다음 방으로 갈게요. 카퀴신, 네가 마무리할 수 있지?"

릴리가 묻자 카퀴신은 고개를 끄덕였다. 그렇게 욕실에 둘만 남았다. 내 시든 몸을 닦아 주는 반들거리고 부드러운 아이의 손을 바라보았다. 이 순간을 경험할 수 있도록 아직 살아 있음에 감사했다. 카퀴신은 바로 내 뒤에 있었지만 어쩐지 오늘은 수천 킬로미터나 떨어져 있는 것 같았다.

"무슨 일이야? 오늘 아침엔 나보다 더 아픈 사람 같네. 나도 몸이 좋은 상태가 아닌데."

카퀴신은 땅이 꺼져라 한숨을 쉬더니 말했다.

"이게 복잡해요. 할머니 걱정도 많이 했고요. 우리 엄마 일도 생각 중이에요. 지난번에 하셨던 말씀에 대해서 많이 생각해 봤어요."

나는 거울에 비친 카퀴신을 바라보았다. 고개를 숙인 카퀴신의 머리가 내게 친 장벽처럼 보였다.

"누군가가 지난 몇 년을 어떻게 살았는지 물어보면 저는 아무 말도 못 할 것 같아요. 삶을 겉돌았다고 할까요. 분노에만 너무 집착했으니까요. 엄마의 갑작스러운 죽음을 받아들이는 것보다 아빠를 미워하는 게 더 쉬웠어요."

아이는 성장하는 중이었다. 그것은 때론 고통스럽다.

"여기 와서 할머니를 만났고 저는 처음부터 할머니가 좋았어요. 요양원 일과 이곳 사람들 모두를 좋아하고요. 할머니가 수술받으신다고 하니까 혹시 할머니도 잃게 되면 어쩌지 하고 얼마나 겁났는지 몰라요."

카퀴신이 고개를 들자 거울 속에서 우리의 눈길이 여러 겹으로 마주쳤다.

"여기 이렇게 돌아왔잖니. 네가 불안해서 그랬던 거지. 나도 불안했거든. 하지만 두려워한다고 일어날 일이 일어나지 않는 건 아니야. 더 어렵게 만들 뿐이지."

"할머니는 아주 담대하시던데요. 저는 늘 두려워요."

카퀴신은 가발을 만지작거렸다. 그 순간 카퀴신이 자기 속을 내게 완전히 드러냈음을 느꼈다. 나는 약하지만 남아 있는 힘을 다해 카퀴신의 믿음에 부응하고 싶었다. 나에게 기대도 된다고 말하고 싶었다. 무슨 말을 해도 들어줄 수 있다고. 하지만 기다렸다. 카퀴신이 마음을 짓누르는 것이 무엇인지 얘기할 방법을 찾을 때까지 참아야 한다.

나는 거울을 통해 카퀴신을 뚫어져라 바라봤다. 카퀴신은 쉰 목소리로 말했다.

"사람들이 나를 보면 뭐라고 생각할지 겁나요. 나를 드러내기도 겁나고요. 그래서 가면을 써요."

그러더니 갑자기 어깨를 들썩이고 손으로 가발을 잡았다. 마치 무슨 결심이라도 한 듯 단호한 모습이었다.

"이제는 두려운 게 싫어요."

카퀴신은 가발을 잡더니 뒤로 잡아 벗었다. 무력한 덩어리가 바닥으로 툭 떨어지고 카퀴신의 짧게 자른 머리가 드러났다. 작고 창백한 얼굴이 더 두드러졌다.

이마에서 귀까지 이어지는, 손가락만 한 볼록한 상처가 드러났다. 카퀴신은 상처를 만지며 중얼거렸다.

"거울에서 제 모습을 보기까지 시간이 많이 걸렸어요. 지금도 제가 아닌 것 같아요. 거울 속에 비친 저 아이는 누구지? 하고 생각하죠."

"그 아이는 내가 아는 사람 중에서 가장 강한 아이야."

나는 뒤로 돌아 카퓌신을 마주 보며 말했다.

32. 정리

"와우!"

"응?"

침대에 한가하게 누워 있는데 마르고가 찾아왔다. 아빠가 문을 열어 준 모양이다. 마르고는 여느 때처럼 노크도 없이 들어왔다. 나는 가발을 다시 쓰지 않았다.

"너무 간지러워서."

나는 짧은 머리를 만지며 말했다.

"깜짝이야! 그렇지 않아도 머리가 불편하지 않을까 생각했는데. 너무 가려울 것 같아서."

가발 벗은 모습을 마르고가 처음 보는 것은 아니다. 친해졌을 때 다 털어놨기 때문이다. 그래도 맘이 완전히 편한 건 아니었다.

"이상하지 않아?"

아무렇지도 않은 척 마르고에게 물었다.

"이상하다고? 뭐가?"

"그러니까 '재는 왜 저렇게 무섭게 생겼냐?' 뭐 그런 거."

"말도 안 되는 소리!"

마르고는 침대에 주저앉았다.

"네가 생각하는 것만큼 보기 싫지 않다니까? 흉터 있는 게 뭐 어때서? 네가 그냥 난리 치는 거지."

"그래도. 가발 벗으면 벌거벗은 느낌이야. 마치 못 보여 줄 데를 보여 주는 것 같아."

"그래?"

마르고는 껌을 씹으며 생각해 보더니 다시 말했다.

"그렇게 불편하면 머리를 기르면 되잖아. 그러면 흉터도 거의 안 보일 텐데."

나는 머리를 만져 보았다. 머리카락이 아기 솜털처럼 부드럽게 다시 자라고 있었다. 왜 머리를 더 기르려고 하지 않는지 이해시키기 어려웠다. 사실은 나도 잘 모르겠지만 그래도 설명해 보려 했다.

"흉터를 감추면 일어났던 일을 잊으려고 하는 것 같아. 엄마를 잊는 것 같고. 내 말이 좀 이상하지?"

마르고는 과장된 몸짓으로 머리를 두 손으로 잡았다.

"이건 내 평생 들었던 소리 중 가장 바보 같은 소리야! (깔깔 웃더니) 그런 소리를 많이 듣긴 했지만. 넌 모든 걸 뒤죽박죽으로 생각하고 있어. 사고는 네 가족을 비참하게 만든 끔찍한 사고야. 그건 아무런 상관이 없어. 네 엄마는 지금 네 표정과 아무런 상관이 없다고."

마르고는 배를 대고 누워 나를 곁눈질했다.

"이런 말 하면 네가 화낼지 모르지만 너 진짜 바보 같다."

"그래…… 그러고 보니 진짜 화나네!"

나는 무릎을 접어 고개를 파묻었다. 며칠 동안 벌써 두 번이나 바보 같다는 소리를 들었다. 아무리 농담이지만 진짜 바보가 된 기분이다. 마르고가 나를 잡고 흔들었다. 처음에는 가볍게 흔들더니 이내 마구 흔들었다.

"삐쳤어?"

고개를 들었더니 마르고가 손가락으로 껌을 잡고 늘이고 있었다. 얼굴을 찡그렸다.

"너 그러는 거 내가 안 좋아하는 거 알지?"

"응."

웃음이 터져 나왔다. 내가 부정적인 말을 할수록 마르고는 모든 걸 간단하게 정리한다. 우리는 그렇게 완전히 반대인 친구다.

휴대전화가 문자메시지가 왔다고 알렸다. 문자를 보기도 전에 마르고가 전화기를 빼앗아 문자를 읽었다.

로맹 : 지금 뭐 해? 괜찮은 커피 있는데, 어때?

"로맹이 누구야?"

마르고가 심문하는 형사의 눈빛으로 물었다.

"……."

"설마 그 뚱보는 아니지?"

"뚱뚱하지 않거든!"

행진 이후에 로맹에 대해 말한 걸 마르고는 완벽하게 기억하고 있다. 내 가장 친한 친구는 엄청난 기억력의 소유자다. 마르고는 흥분해서는 로맹과 내가 여태까지 나눈 문자를 다 읽어 볼 작정이었다. 전화기를 빼앗으려고 했지만 마르고가 자꾸 피했다.

"이리 내놔!"

무자비한 전쟁이 시작되었다. 그리고 결국 전화기를 쟁취했다. 나는 눈빛으로 마르고를 쏘아 대며 전화기를 꽉 쥐었다.

"못됐어! 넌 프라이버시도 모르니?"

펑크 머리를 한 마르고는 의심의 눈초리를 거두지 않았다.

"너, 개 좋아하는구나."

그건 질문이 아니었다. 마르고는 확실하다는 투로 손가락을 하나씩 펴면서 그 이유를 말하기 시작했다.

"하나, 지난 몇 주 동안 네 주위에 있는 150살 미만의 남자는 개가 전부였어. 둘, 개도 너처럼 이상해. 노인들과 일하는 걸 좋아하는 것처럼 보인단 말이지. 셋, 내 기억이 맞다면 네 그 못생긴 고양이를 살릴 때 널 도와줬어."

나는 한숨을 쉬며 속으로 다짐했다. '앞으로 마르고에게 모든 걸 다 얘기하지 말자. 얘는 너무 똑똑해.' 마르고는 자기가 이겼다는 듯이 말했다.

"그리고 넷, 뚱뚱하지 않다고 네가 방금 말했잖아. 그러니까 너 개 좋아하는 거다!"

"칫, 소설 쓰시네."

그런데 목소리가 제대로 나오지 않아 자신 없어 보였나 보다. 마르고는 완전히 신났다. 그래서 이번에는 침대 밑에 있는 상자를 꺼내 교란 작선을 시도했다.

"어떻게 해야 할까? 제자리에 가져다 둘까 아니면 아빠한테 다 안다고 말할까?"

하지만 예상대로 작전은 통하지 않았다. 마르고는 손가락으로 나를 가리켰다.

"너 그렇게 넘어갈 생각하지 마. 그래, 지금 내가 한 말 다 잊어버려. 네가 맞아. 걔는 뚱뚱하지 않아. 걔는…… (잠시 생각하더니) 좀 통통해."

"걔는 편안해."

나도 모르게 말이 나왔다. 그러자 마르고는 '이거 재밌는데?' 하는 눈빛을 반짝였다.

"좋아, 편안해. 걔가 네 맘에 든다면, 이건 순전히 내 생각인데, 그건 걔가 착한 애라는 뜻일 거야. <내 친구의 친구는 내 친구다>라는 노래 알지?"

"아니라니까. 걘 그냥 직장 동료야."

"알았어. 아주 아주 아주 편한 직장 동료가 일 얘기 하자고 널 불러낸다."

나는 눈을 내리깔았다. 마르고 생각이 틀렸다는 걸 굳이 싸우면서까지 증명할 필요가 있나? 나는 감정의 갈피를 못 잡고 있었다. 길을 잃었다. 머릿속에 너무 많은 생각이 지나가서 연애에 쓸 시간이 없다. 나는 문자메시지를 열어서 마르고가 안 보는 사이에 답을 보냈다.

나 : 커피라면 좋은 생각이 아닌 것 같아.

아무튼 인턴 실습도 이제 막바지다. 일주일 뒤면 다 끝내고 학교로 돌아갈 거다. 답장이 오는지 멍하니 휴대전화 화면만 보고 있었다. 답장은 결국 오지 않았다. 마르고는 상자 속에서 편지를 뒤지느라 여념이 없었다. 엄마

애인의 사진을 찾아내고는 자세히 살펴보는 중이다. 마르고는 내 생각을 읽기라도 한 듯 말했다.

"카뤼신, 이제 네 삶을 어느 정도 정리하고 다음 단계로 나아갈 때가 아닐까?"

33. 마지막

오늘 아침 로맹을 봤다. 로맹은 날 못 본 것 같다. 아니면 못 본 척하는 걸지도. 아무렴 어떤가. 나는 중요한 일에 집중하고 싶다. '우선순위를 정하고 가장 중요한 것에 집중하자.' 카트에서 빨래를 빼내며 생각했다. '누가 들으면 파트리시아인 줄 알겠네.'

소문에 따르면 파트리시아는 몇 주 동안 휴가를 떠났다. 파트리시아가 회복해서 돌아올 때까지 요양원은 임시 직원을 고용하기로 했다. 그러자 직원들의 불평 소리가 높아졌다. 내가 요양원을 떠날 즈음에도 상황은 해결되지 않을 것이다.

휴식 시간에 클로딘이 나를 따로 불렀다.

"내가 너라면 이 직업을 선택하기 전에 다시 생각해 볼 거야. 이런 식으로 일하다간 매일 죽어 나갈 거야."

릴리는 윙크를 보내며 말했고 나는 뭔가 대답 비슷한 것을 했다. 클로딘이 틀린 건 아니다. 그저 모두가 느끼는 분노를 표현했을 뿐이다. 근무 조건이 나아지기를 진심으로 바란다. 이곳의 근무 조건은 형편없기 때문이다. 환자들과 잠깐의 시간을 나누는 것과 일상의 현실 사이에는 큰 간격이 벌어져 있다.

우울한 생각을 떨치려고 바삐 움직였더니 오전이 훌쩍 지나갔다. 근무가 끝날 무렵 비올레트 할머니에게 갔다. 졸고 있던 할머니는 내가 들어가는 소리를 못 들었다. 할머니의 피부가 빛이 났다. 덮고 있는 시트보다 더 하얗게 보였다. 나는 왠지 옆에 가서 앉아야겠다는 생각이 들어 조용히 다가갔다. 할머니의 편안한 얼굴이 가부좌를 한 조각상을 떠올리게 했다. 몸을 움직이지 않고 자는 모습은 엄마를 연상시켰다.

장례식 날, 나는 안치실에 들어가지 않으려 했다. 그 안에 있는 엄마가 상상되지 않았다. 그러다가 관 뚜껑을 닫기 바로 직전에 그 차가운 방에 들어갔다. 엄마를 보기 싫었지만 이게 모두 현실이라는 걸 받아들이려면 그렇게 해야만 했다. 온몸에 소름이 돋았다. 그것은 밀랍으로 만든 인형이었지 엄마가 아니었다. 나는 충격받은 상태로 안치실을 나왔다. 바닥을 모르는 절벽 아래로 떨어지는 기분이었다. 그날 본 모습은 오랫동안 나를 괴롭혔다.

할머니는 여전히 자고 있었다. 내 심장 소리가 더 빨라지는 게 느껴져 천천히 숨 쉬려고 애썼다.

들이마시고, 내쉬고.

맥박이 느려지자 나는 나가려고 자리에서 일어났다. 그러다가 침대 옆에 펼쳐진 공책에 '마지막'이라는 글자가 쓰인 것을 보았다. 나는 그 자리에서 얼어붙었다. 내가 끼어들 일이 아니라는 걸 알면서도 어느새 글을 읽어 내려갔다.

2월 25일(할머니 생신)에 할머니는 '마지막'이라는 제목으로 목록을 만들었다.

• 마지막으로 아이를 품에 안았던 날
• 마지막으로 샴페인을 마셨던 날
• 마지막으로 가족이 찾아왔던 날
• 마지막으로 선물을 풀어 봤던 날
• 마지막으로 껌딱지를 봤던 날

가슴이 철렁 내려앉았다. 몇 초 동안 숨을 쉴 수 없었다. 복도에서 소음이 들려왔다. 다시 숨을 쉬자 현실의 윤곽이 다시 선명해졌다. 계속 읽고 싶은 마음을 억지로 참았다. 내게 읽을 권리가 없었다. 할머니의 프라이버시를 침해하는 거니까. 나는 서둘러 방을 나와 떠났다. 이곳에서 멀리, 과거의 망령에서 멀리, 아주 멀리.

내가 사랑하게 된 할머니를 잃을지도 모른다는 두려움에서 멀리.

오늘 아침 집을 나서기 전에 내키지 않으면서도 썼던 금발 가발을 벗어 던졌다. 흉터가 지독하게 간지러웠다. 살에 무엇이 닿는 걸 이젠 견딜 수가 없다. 사람들이 내가 요양원을 나가는 모습을 봤다. 로맹도 마찬가지였다. 복도에서 들리던 대화가 끊기는 사이 나는 멈추지 않고 앞으로만 달려갔다. 내 이름을 들은 것도 같다. 로맹인가? 어쩌면 내 머릿속에서 들린 소리일지도.

문을 나서면서 가발을 쓰레기통에 던져 버렸다.

34. 흠

요양원에 조금 일찍 도착했다. 급하게 집어삼킨 파이가 목구멍으로 다시 올라오려고 했다. 날은 꽤 선선했다. 하지만 몸이 떨리는 건 추위 때문이 아니다. 가발 없이 외출하는 데 익숙하지 않아서다. 머리에 느껴지는 차가운 공기보다 나를 바라보는 시선이 더 크게 느껴졌다. 서둘러 유니폼으로 갈아입고 거울 앞에 섰다.

거울 속 나는 찡그리고 있다. 할 수 없지.

오늘의 첫 환자는 폴레트 할머니다. 아무렇지도 않게 할머니에게 인사를 했다. 모든 게 정상인 것처럼, 할머니의 놀라는 표정을 못 본 듯이. 도르래를 이용해서 할머니를 소파에 앉힐 생각이었다. 클로딘이 와서 도와주었고, 우리는 일상적인 대화를 나누었다. 어떻게 행동해야 할지 모르겠다. 사람들이 불편해한다. 불안하다.

이 짧은 머리 소녀가 바로 나라는 걸 사람들에게 어떻게 말하지? 그때 폴레트 할머니가 통통한 손으로 갑자기 내 팔을 잡았다.

"카퓌신, 오늘 정말 예쁘네."

"거짓말하지 마세요."

나는 할머니의 시선을 피했다.

"아니야. 오늘 아주 배우 같아. 그 있잖아, <사랑과 영혼>에 나왔던……."

"데미 무어요?"

클로딘이 거들었다.

"그래, 맞아. 장난꾸러기 같은 면이 있는 게 닮았어. 머리가 짧으니까 얼굴이 길어 보이네. 모델이라고 해도 믿겠어."

할머니의 능청에 웃음이 나왔다. 할머니가 어찌나 과장하던지. 그게 고마웠다. 그래도 목소리를 바꾸지 않고 말했다.

"인심이 후하시네요, 할머니. 칭찬 고맙게 받을게요. 사실 드라이하느라 얼마나 시간을 많이 썼는데요. 솔직히 좀 성공했죠?"

할머니가 깔깔 웃었다. 우리는 가벼운 농담을 주고받으며 할머니의 몸단장을 마쳤다.

나머지 방에서도 모든 게 잘 끝났다. 노인들이 모두 칭찬을 해 주었다. 조르주 할아버지는 얼마 남지 않은 이 사이로 "눈이 부셔"라고 말했다. 불평불만 쌍둥이 자매 할머니까지도 짧은 머리가 나쁘지 않다고 했다.

"아무튼 네 가지각색 휘황찬란 가발보다 낫다. 가발은 정말 눈을 어디에 다 둬야 할지 몰랐다니까."

베랑제르 할머니는 진지했다. 나는 웃지 않으려고 입술을 꽉 깨물었다.

비올레트 할머니 방에 들어설 때는 숨을 참았다. 할머니의 반응을 기다렸다. 나를 있는 그대로 봐준 사람은 요양원에서 할머니가 처음이었다.

"와! 그러고 오니까 어때?"

할머니는 감탄하더니 물었다. 나는 주저했다.

"좋아요."

"그러니까 너무 예쁘다."

"다들 그렇게 말씀해 주시더라고요. 다들 좋아하시니 흉터를 더 만들어야 할까 봐요."

나는 상처를 만지작거리며 말했다.

"사람들이 진심으로 해 주는 칭찬을 받아들이는 법을 배워야겠네."

"맞는 말씀이에요. (멋쩍은 웃음) 수다 떨기 싫어서가 아니라 진짜 빨리 식사하셔야 해요."

"평소보다 더 빨리?"

"네, 오늘 할머니를 위한 깜짝 선물이 있어요."

"깜짝 선물?"

"깜짝 선물 싫어하세요?"

"아니…… 그래도 힌트라도 받을 수 있을까?"

할머니의 눈이 호기심으로 반짝였다. 할머니의 주름진 얼굴을 보니 옛날에는 장난기가 넘쳤겠구나 싶었다. 나는 끝까지 잘 참았다.

"기다리세요. 전 아무 말도 안 할 거예요."

"솔티캐러멜 줘도?"

할머니는 벌써 침대 옆에 있는 상자로 손을 뻗었다. 솔티캐러멜을 가장 좋아한다고 말한 적이 있는데 그걸 이용하다니! 나는 용캐 캐러멜의 유혹을 뿌리쳤다.

"고문을 하셔도 말 안 할 거예요."

단장이 끝나고 나는 웃으며 방을 나왔다. 노인들 덕분에 기운이 차올랐다. 이제 내가 나설 차례다.

비상구를 통해 밖으로 나와 깜짝 선물이 잘 있는지 확인했다. 그러다가 반쯤 열린 방화문이 닫히지 않도록 놓아둔 의자에 발이 걸려 올록볼록한 벽에 머리를 부딪히고 말았다.

“앗, 미안.”

로맹은 넘어지는 나를 (또) 붙잡아 일으켰다.

“괜찮아? 우린 만날 때마다 같은 일이 벌어지는 것 같아. 그런데 이번에는 나한테 소리 지르지 않네. 눈물로 내 셔츠를 적시지도 않고. 우리 관계가 좋아졌다는 소리겠지?”

“그런가 보지.”

로맹이 가발 벗은 내 모습을 보는 게 굉장히 민망했다. 커피 마시자는 제안을 문자로 거절했던 일도 떠올랐다.

“오늘 아침에 너 못 알아볼 뻔했어. 그리고 내 생각엔 네가…….”

“예쁘다고?”

나는 퉁명스럽게 말했다. 아, 왜 로맹에게 공격을 퍼붓는 거지?

“그런 말 하려는 게 아니었는데.”

“그럼 못생겼다고? 그런 거지? 네 말이 틀렸다는 게 아니라, 오늘 아침에 사람들이 나더러 데미 무어 닮았다고 했거든.”

엘리자베트 할머니도 내가 <유브 갓 메일>의 맥 라이언 닮았다고 했는데 이 말은 나만 알고 아무에게도 말하지 않았다.

“너 못생겼다고 말하려는 것도 아니었어. 나한테 물었다면 난 금발로 염색한 앤 해서웨이 닮았다고 했을 텐데.”

또 속이 울렁거렸다. 칭찬을 들으니 어깨가 으쓱했다.

"밖에서 뭐 하고 있었어?"

로맹은 커피 든 손을 움직이며 물었다.

"커피는 더 이상 안 권한다."

결국 커피 얘기가 나왔다. 날 많이 원망하나 보다.

"그건……."

그때 야옹 소리가 났다. 비상구 옆에 있는 풀숲에서 나는 소리였다. 나는 풀을 헤치고 들어가 숨겨 두었던 캐리어를 꺼내 왔다. 껌딱지가 캐리어의 작은 철망을 깨물며 불쌍하게 울고 있었다. 더는 가둬 두고 싶지 않아서 문을 열고 껌딱지를 품에 안았다.

"이 고양이는 뭐야? (더 가까이 다가와 보더니) 얘 플로랑 할머니 고양이 잖아? 또 몰래 데려왔어? 이러다 들키면 어쩌려고!"

"걱정 마. 넌 몰랐다고 할 테니까."

나는 껌딱지의 털을 쓰다듬으며 불평하듯 말했다.

"그런 말이 아니라……. 내 생각을 다 아는 듯이 굴지 좀 말래?"

로맹은 상처를 받은 것 같았다. 나는 껌딱지를 살며시 발밑에 내려놓았다. 껌딱지는 그르릉거리며 내 다리에 몸을 비볐다.

"미안. 지난번에 껌딱지 데려오는 것도 도와줬는데. 넌 항상 나한테 잘해 주는데 난 못되게만 굴었어."

로맹도 부정하지 않았다. 대신 몸을 웅크리고 고양이 머리를 쓰다듬기 시작했다. 껌딱지는 행복해 어쩔 줄 몰랐다.

"맞아. 넌 내가 만난 여자애 중 가장 못됐어. 하지만 만난 지 얼마 안 됐으니까."

로맹은 거대한 몸집을 다시 펴 나와 키를 맞추었다.

"잘은 모르지만 넌 어르신들 보살피는 걸 좋아하고 버려진 고양이도 좋아하는 것 같아."

"나 껌딱지 좋아하는 거 아니야. 얼마나 달라붙고 또 못생겼는데. 어쩔 수 없이 보는 거야."

"넌 불평도 좋아하는 것 같아. 지금까지 옷 갈아입듯이 머리 색도 바꿨고. 내 생각에 넌 정상이 아닌 것 같아."

"야!"

나는 화가 난 척했다. 로맹의 따뜻한 눈을 바라보니 뱃속 울렁증이 점점 심해졌다. 로맹은 주저하며 손을 들어 검지를 내 흉터에 갖다 대었다.

"하지 마!"

나는 손을 뿌리치며 외쳤다.

침묵이 무거운 공기를 갈랐다. 로맹은 아주 천천히 다시 손을 들어 내 흉터를 쓰다듬었다. 튀어나온 살을 따라 이마에서 귀까지 따라갔다. 내 호흡이 가빠졌다. 100미터 달리기라도 뛴 것 같았다.

"카쀠신, 너 그거 알아? 우리는 누구나 흠을 가지고 있어. 흠이 없다고 믿으려고 애쓰면서 그걸 감추든지 아니면 그걸 인정하고 고쳐야지."

몸이 떨렸다. 로맹은 그 커다란 손으로 내 얼굴을 감쌌다.

"조금 전에 내가 하려고 했던 말은 네 아기 솜털 같은 머리가 귀엽다는 거였어."

나는 소용돌이에 휘말린 것 같았다. 그건 뭔가 순수하면서도 뜨거운 것이었다. 로맹은 몸을 기울였다. 커피 향과 박하 향이 느껴졌다. 갑자기 몸이 나른해졌다. 몸이 녹아내리는 것 같았다. 로맹의 팔이 나를 감쌌다.

몇 초, 아니 영원한 시간이 흘렀다. 내가 남자아이와 마지막으로 입을 맞춘 건 2년 전이었다.

그래서인지 입맞춤은 달콤했다. 내 입술에 닿은 로맹의 입술. 껌딱지가 우는 소리와 문이 닫히는 소리가 멀리서 들렸다. 세상은 제자리를 찾았고 나는 주위를 둘러보았다. 껌딱지가 보이지 않았다. 문을 지탱하던 의자가 바닥에 뒹굴고 있었다. 우리는 바깥에 갇힌 것이다.

“악! 껌딱지 어딨어?”

나는 정문을 향해 전속력으로 달리기 시작했다.

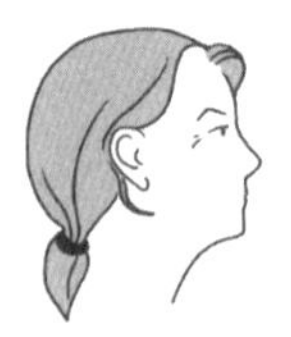

35. 원정대

카퓌신이 근무가 끝날 무렵 찾아왔을 때 나는 조바심에 지쳐 있었다. 깜짝 선물 얘기를 들으니 크리스마스 아침이 되어야 열 수 있는 예쁜 선물 상자 같은 것을 기대하게 됐다.

'이젠 이렇게 조그만 일에도 설레는구나.'

하지만 이내 삶의 작은 순간들을 다 누리기로 결심했던 게 떠올랐다. 카퓌신이 뭘 보여 줄지 상상했다. 카퓌신은 늦게 나타났다. 옆방에서 저녁 드라마가 끝나는 소리가 들렸다.

"날 잊은 줄 알았어."

카퓌신이 와서 좋았는데 마치 잘못을 탓하는 것처럼 말이 나왔다. 나는 그게 아니라고 말하려고 했다.

"다른 할 일이 있어서가 아니라 기다린 지 좀 됐다고."

"네, 그런데 꽤 더우셨을 것 같아요."

카퓌신은 재미있다는 듯이 내 옷을 살폈다. 두꺼운 원피스에 모직 조끼, 양모 망토에 손으로 짠 숄까지 한껏 껴입었기 때문이다. 카퓌신은 농담처럼 말했지만 난 그게 문제가 아니었다. 카퓌신의 눈이 사방으로 튀는 공처럼 의자에서 침대로 왔다 갔다 했다. 내 시선을 피하는 것이다.

"무슨 일이야? 표정이 왜 그래? 누가 네 새 '파숀'을 보고 뭐라고 한 거 아니지? 그렇다면 내가 가만 안 있어."

카퓌신의 눈에 웃음기가 어렸다.

"하하, '파숀'이 아니라 '패션'이에요. 사실은……. 드릴 말씀이 있는데 어떻게 말씀드려야 할지 모르겠어요. 그래서 그냥 단도직입적으로 말할게요. 그러니까…… 오늘 껌딱지 보여 드리려고 했거든요. 지난번에 보셨을 때가 '마지막'이 되지 않기를 바라서요. 그런데…… 뭐라고 해야 하나, 껌딱지를 잃어버렸어요."

나는 깜짝 놀라서 물었다.

"마지막이라니? 무슨 말을 하는 거지?"

"그러니까 정말 '잃어버린' 게 아니고요. 어디에 있는지 대충은 아는데…… 요양원 안에서 돌아다니고 있거든요."

내가 상황을 이해하는 데 몇 초가 흘렀다.

카퓌신은 나를 행복하게 해 주고 싶었다.

껌딱지를 요양원으로 데려와 나에게 보여 주고 싶어 했다.

껌딱지가 도망쳤고 지금 이 넓은 건물 어딘가에 있다.

"그럼 다른 사람이 보기 전에 먼저 찾게 도와줘!"

15분 뒤에 준비를 마쳤다. 카퓌신이 친절한 요양사 로맹을 지원군으로 데려왔다. 두 사람이 내가 겹쳐 입은 옷들을 벗기고 나를 휠체어에 앉혔다. 기분이 좋지는 않았지만 지금은 그런 얘기를 할 때가 아니었다. 보행기로는 아직 걸을 수 없는 상태였다. 우리는 주위를 살피며 방을 나와서 복도를 하나씩 살펴보기로 했다. 3미터 이동할 때마다 집에 있을 때 부르던 방식대로 혀를 차서 껌딱지를 불렀다. 로맹이 양옆을 살피며 휠체어를 밀었고 나는 앞만 살폈으며 카뤼신이 뒤를 보았다.

"우리, 세계 종말을 위해 음모를 꾸미는 악당들 같아요."

로맹이 소곤거리자 카뤼신이 큭큭 웃었다.

"죄송해요. 긴장해서 그래요."

"흩어져서 찾아야 하지 않을까?"

"아니에요. 껌딱지를 찾으면 두 사람은 있어야 잡을 수 있어요."

카뤼신은 야생동물 포획이라도 하는 듯 말했다. 껌딱지가 나를 보면 다 가올 텐데 말이다.

수색은 한동안 계속되었다. 2층을 다 돌고 1층으로 내려갔다.

현관에도, 도서관에도, 식당에도 껌딱지는 없었다.

어쩌지 싶었는데 텔레비전이 있는 방에 모여 있는 사람들이 보였다.

"무슨 일이 있나 봐요."

카뤼신은 걸음을 재촉했다. 나도 서둘렀는데 릴리와 원장도 소란을 듣고 왔다. 소란의 원인은 껌딱지였다. 사람들이 껌딱지를 귀엽다고 서로 만지려 하고 있었다. 약속이라도 한 듯 껌딱지는 나를 보자마자 내 무릎으로 뛰어 올랐다.

"오, 우리 귀여운 껌딱지!"

불평불만 쌍둥이 자매가 소리쳤다.

"아는 고양이에요?"

릴리가 묻자 원장도 외쳤다.

"고양이가 여기서 뭐 해요?"

나는 껌딱지를 안았다. 껌딱지는 똬리를 틀며 내 품에 파고들었다. 어찌나 크게 그르렁거리던지 뱃속까지 진동이 전해질 정도였다. 나는 평소대로 껌딱지에게 속삭였고 껌딱지는 진정되어 눈을 감았다. 그제야 나는 고개를 들고 원장을 쳐다보았다. 원장의 시선은 예전에 말 안 듣는 학생들을 바라보던 내 시선이었다.

어디 껌딱지를 빼앗아 볼 테면 보라지!

36. 마스코트

말썽꾸러기 고양이를 찾았을 때 고양이는 곧장 비올레트 할머니에게 달려갔다. 형편없는 관찰 예능 프로그램에나 등장할 장면이었다. 감동적인 재회, 눈물 없이 볼 수 없는 포옹, 사람들의 박수……. 데르브루크 원장이 팔짱을 끼고 우리 앞에 섰다. 망했다고 생각했다. 원장이 내 실습 일정을 일찍 끝내 버리고 로맹도 쫓아 버릴 것 같았다. 원장의 목소리가 전기 불꽃이 튀듯 공중에 탁탁 튀었다.

"요양원에 동물 들일 자리는 없습니다."

원장은 못 볼 꼴이라도 본 듯한 표정으로 늙은 고양이를 보더니 이내 비딱하게 웃었다. 그때 릴리가 비올레트 할머니에게 다가가 몸을 구부려 껌딱지를 쓰다듬었다. 껌딱지는 전속력으로 돌아가는 잔디깎이처럼 그르렁거렸다. 할머니의 무릎이 자기 자리라고 말하는 듯했다.

"재미있네요. 이 녀석을 보니 몇 년 전에 요양원 마스코트로 있었던 카라멜이 생각나요. 붉은 털을 가진 통통한 고양이였거든요. 기억하시죠, 원장님?"

"나는 기억나요."

폴레트 할머니의 삼중 턱이 흥분으로 떨렸다. 여기저기에서 그렇다며 웅성거렸다. 요양원에 오래 있던 노인들은 방까지 찾아오던 그 고양이를 잘 기억하고 있었다.

“열여덟 살까지 살았지. 그 녀석이 떠났을 때 얼마나 슬펐다고.”

노인들은 카라멜이 정확히 언제 떠났는지에 관해 열띤 토론을 벌이기 시작했다.

“어디서 온 고양이인지 모르겠지만 여기가 좋나 봐요. 그렇죠, 원장님?”

릴리가 시선은 내게 고정한 채 원장에 물었다. 원장은 입술을 얼마나 꽉 깨물었는지 입술이 안으로 다 말려 들어간 것 같았다. 껌딱지는 자기 얘기를 하는 걸 알았는지 더 크게 그르렁거렸다.

“미국 과학자들은 이걸 ‘골골송 치료법’이라고 부르는 거 아세요?”

그때까지 조용히 있던 로맹이 끼어들었다.

“고양이가 내는 소리가 마음을 진정시켜서 치료 효과가 있다고 해요.”

평소대로 침착한 태도로 말한 로맹의 설명은 금상첨화였다. 원장은 생각에 잠긴 듯했다. 그리고 “나중에 얘기합시다”라고 중얼거리고는 빠른 걸음으로 원장실로 들어가 버렸다.

다들 우리가 이겼다고 생각했다.

“지금 상황에서 우리를 다시 건드리는 위험을 감수하지는 않을 거야.”

릴리가 일하러 가면서 내게 말했다.

“게다가 원장이 그렇게 무심한 사람은 아니거든. 요즘 압력을 받아서 그래. 아무튼 누가 고양이를 데려올 엉큼한 생각을 했나 몰라.”

릴리가 떠나면서 남긴 웃음이 한동안 내 귓가에 맴돌았다.

예상대로 진행된 일은 아무것도 없었지만 결과는 기대 이상이었다. 껌딱지가 요양원에 살 수 있으리라는 생각은 꿈에도 해 본 적이 없었다.

삶은 때론 깜짝 선물 같다.

여러 가지 감정에 벅찬 비올레트 할머니는 피곤해했다. 무릎에서 떨어지지 않는 껌딱지와 함께 할머니를 방으로 옮겼다.

"이제 쉬세요."

나는 할머니의 빛나는 얼굴을 바라보다가 볼에 입을 맞추며 인사를 했다.

"고맙다, 아가."

할머니가 소곤거렸다.

"제가 할머니보다 머리 하나는 더 큰데 자꾸 '아가'라고 부르실 거예요?"

나도 방을 나서며 나지막이 말했다. 할머니는 씩 웃으며 눈을 감았다.

로맹이 밖에서 기다리고 있었다. 캐리어는 현관에 두고 고양이 사료와 집을 가지러 가자고 했다. 내 방에서 껌딱지 물건을 챙겼다. 막대기에 깃털을 꽂아 만든 장난감도 잊지 않았다.

"껌딱지가 가서 가장 좋아할 사람은 아빠일 거야."

"껌딱지가 떠나서 서운하다고 솔직히 말해."

돌아오는 길에 로맹이 말했다. 로맹은 한숨이 나올 정도로 느리게 차를 몰았다. 나는 어깨를 들썩이며 아니라고 말했다.

"칫, 아니거든. 난 아무렇지도 않아."

하지만 목소리가 떨리는 건 감출 수 없었다. 눈물이 주르륵 흘러 코끝에 맺혔다. 손으로 닦아내지도 않았다. 지겨워. 매일 울기만 한다. 세상이 불공

평하다고 느껴서 울거나 엄마한테 화가 나서 우는 게 아니다. 울고 싶어서 울고, 울면 마음이 편안해져서 운다.

차가 멈췄고 로맹이 시동을 껐다. 내가 코를 훌쩍이자 로맹이 티슈 상자를 내밀었다.

"날 울보라고 생각하지?"

나는 로맹을 보지도 못하고 눈물을 닦았다. 로맹은 나를 길가에 세워 놓고 가 버리는 대신 이렇게 물었다.

"네 실습 일주일 뒤에 끝나?"

"응."

요양원에서 일한 지 두 달이 지났다. 그 두 달은 내가 선택한 진로가 틀리지 않았음을 보여 주었다. 나는 환자를 돌보는 사람이 되고 싶다. 로맹은 불안한 목소리로 말했다.

"생각해 봤는데, 구술시험 보는 거 내가 도와줄 수 있어."

요양보호사 양성 학교 입학시험 중 필기시험은 손쉽게 합격했다. 구술시험은 5월에 보는데 공부를 열심히 해야 한다.

심장이 쿵쾅거리는 걸 들키지 않으려고 목소리를 진정시키며 말했다.

"도와준다면 좋아. 하지만 데이트로 생각하면 안 돼!"

나는 왜 이럴까? 너무 크고 너무 뚱뚱하고 너무 착한 이 아이가 맘에 들면서도 다가오지 말라고 또 제동을 걸었다. 젖은 휴지를 돌돌 말아 공처럼 주먹에 쥐었다. 그걸 입에 넣고 재갈을 물리고 싶다.

그러고 보니 눈물이 멈췄다. 내 괴로움과 원망을 쏟아 내고 나니 가볍고 새로워졌다고 느꼈다. 가발을 벗은 내 머리처럼 자유로웠다. 나는 주머니에

휴지를 쑤셔 넣고 숨도 쉬지 않은 채 말했다.

"카페나 도서관에서 만나면 되겠네. 데이트는 나중에 정하고. 그럼 됐지?"

로맹은 몸을 기울여 내 쪽 문을 열어 주었다.

"됐어."

37. 화해

껌딱지가 요양원의 마스코트가 된 기념적인 날 밤, 꿈에 엄마가 찾아왔다.

나는 내 방에서 낡은 분홍색 가방에 가발을 정리하고 있었다. 여덟 살까지 즐겨 메고 다녔고 한 번도 버릴 생각을 하지 않았던 가방이다. 엄마는 아무 소리도 없이 방에 들어왔다. 엄마의 은은한 향수 냄새가 방 안에 퍼지자 나는 돌아보기도 전에 엄마가 왔다는 걸 알 수 있었다.

"우리 딸!"

엄마가 불렀고 나는 드디어 엄마를 바라봤다. 그전에는 엄마가 사라질까 봐 돌아보지 못했다. 꿈이었지만 엄마의 모습을 잘 기억하지 못한다는 걸 깨달을까 봐 두려워서 그랬던 것 같다. 엄마는 요양사 유니폼을 입고 있었다. 이상했지만 엄마가 하나도 변하지 않았다고 생각했다. 내가 마지막으로 봤던 그 모습 그대로 키가 컸고 무척 날씬했다. 내가 엄마를 참 많이 닮았구나, 깨달았다.

"파란색, 내가 좋아했는데."

엄마는 내 손에 쥔 가발을 가리키며 말했다.

"내가 제일 좋아하는 거야."

나는 가발을 가방에 집어넣으며 말했다.

"하지만 지금은 그냥 나이고 싶어. (목소리가 떨렸다) 진짜 내가 누구인지도 모르겠지만."

엄마가 뜻을 알 수 없는 부드러운 미소를 띠었다. 그러고는 빨간 가발을 집어서 머리에 썼다. 갑자기 주위가 변했다. 우리는 방이 아니라 내가 거의 가지 않는 묘지에 있었다. 엄마의 무덤은 잘 관리되어 있었다. 검은 비석에 새겨진 금색 글자들이 반짝였다.

'우리 마음속에 영원히 함께하길.'

아빠가 정한 비문이 바보 같다고 생각했는데 지금 보니 마음에 든다.

엄마는 쭈그리고 앉아 비석에 새겨진 태어난 날과 죽은 날을 손가락으로 훑었다. 사방치기 놀이하는 아이의 깡충깡충 뜀뛰기처럼.

얼어붙은 풀 사이에서 제비꽃이 자랐다. 하나를 꺾어 향을 맡아 보았다.

"제비꽃은 겨울에 피는 줄 알았는데?"

내가 은은한 꽃향기를 마시면서 물었는데 엄마는 말이 없었다. 엄마는 몸을 일으키더니 빨간 가발을 천천히 벗어 바닥에 떨어뜨렸다.

"나한테 이제 화 안 나?"

"응."

진심이었다. 엄마가 한 일 때문에 엄마가 미웠다. 그 말을 마주 보고 하지 못한 걸 후회하면서 몇 주를 보냈다. 그런데 지금은 화가 나지 않는다. 나는 엄마에게 다가가 엄마 어깨에 머리를 댔다. 우리는 거의 키가 같았다.

"우릴 떠나서 원망한 거야. 처음에는 아빠를, 그다음에는 엄마를. 그러다가 그 누구의 잘못도 아니란 걸 깨달았어. 엄마가 떠난 걸 받아들일 수가 없었어."

내 짧은 머리를 쓰다듬는 엄마의 손길이 깃털처럼 가볍게 느껴졌다.

"우리 딸."

나는 눈을 감고 엄마 품에 파고들었고 엄마가 나를 감쌌다.

잠이 깼을 때는 이미 해가 중천에 떴다. 나는 엄마의 모습과 목소리를 간직하려고 한동안 움직이지 않았다. 다리를 침대 밖으로 늘어뜨리고 침대 옆 탁자 서랍을 열었다. 엄마의 사진이 에밀 졸라의 소설과 마리 오드 뮈라유의 책 사이에 거꾸로 처박혀 있었다. 진실을 알고 난 뒤에 서랍에 넣어 두었던 액자다. 엄마가 아이인 나를 보며 웃고 있는 모습을 물끄러미 바라보았다. 나는 액자를 품에 안고 일어나 책상에 놓았다. 침대 바로 옆은 아니지만 너무 멀지도 않은 곳에.

며칠 뒤에 편지 상자를 꺼냈다. 이젠 열 필요가 없었다. 내게 온 편지가 아니었으니. 나를 아프게 한 편지들이었지만 후회하지는 않는다. 그 편지들 덕분에 나는 앞으로 나아갈 수 있었다.

이 상자를 연 건 다시 닫기 위해서였다는 걸 그제야 깨달았다.

나는 단호한 발걸음으로 아빠 방으로 갔다. 그리고 상자를 제자리에 두는 대신 침대에서 잘 볼 수 있게 선반 맨 위에 두었다.

저녁을 먹으며 우리는 상자에 대해 말하지 않았다. 평소답지 않게 침묵이 가라앉았다. 나를 바라보는 아빠의 시선이 느껴졌다. 몇 번이나 뭐라고 말할 것 같았지만 아무 말도 하지 않았다.

나는 저녁을 깨지락거리며 먹었다. 장이 꼬이고 위축된 느낌이었다. 이 빌어먹을 침묵!

저녁 식사가 끝나고 아빠는 여느 때처럼 거실로 향하며 말했다.

"설거지는 나중에 할게."

텔레비전 소리가 들렸다. 뉴스가 막 끝났다.

왜?

뭐가

그렇게 어렵지?

나는 찻주전자와 차를 쟁반에 얹어 거실로 나가 소파에 앉았다. 어버이날 선물로 엄마에게 줬지만 아빠와 내가 아직 버리지 못한 '훌륭한 엄마'라고 쓰인 머그잔을 아빠에게 내밀었다.

"차 같이 마실래?"

차는 나만의 화해 표시였다.

아빠는 뒤로 물러앉아 소파 등받이에 기대고 나를 물끄러미 바라보았다. 아직 아무 말도 하지 않았지만 엄마가 돌아가신 뒤로 그 어느 때보다 많은 말을 나누었다. 아빠는 눈을 깜빡깜빡하더니 희한하게 웃었다.

"좋은 생각이야."

아빠는 이렇게 대답하며 차를 살펴보고 가장 좋아하는 계피생강차를 골랐다. 나는 레몬바질차를 고른 다음에 끓인 물을 잔에 부었다. 그리고 아빠 옆에 앉았다. 아빠는 채널을 바꿨다. 우리는 입술을 데어 가며 교각에 관한 다큐멘터리를 함께 보았다.

에필로그

정식 요양사가 된 지 3년이 다 되어 간다. 종합 병원에서 2년 동안 근무하고 지금은 앙투안모로 요양원에서 노인들을 돌보고 있다.

환한 미소를 짓는 조르제트 할머니, 험담쟁이 드니즈 할머니, 한 시간 동안 몇 번씩 오늘이 무슨 요일인지 묻는 알리스 할머니, 60년 결혼 생활을 마치고 조금씩 혼자 잠드는 습관을 들이고 있는 조용한 시몽 할아버지.

마들렌 상자, 자랑스럽게 보여 주는 손주들 사진, 불평, 그리고 웃음.

하루가 정신없이 흘러가고 피곤하고 지치고 감동적인 돌봄이 이어진다.

근무 조건은 변한 게 없다. 오히려 더 나빠진 것 같다. 불평과 저항에도 모든 것은 똑같이 계속된다.

퇴근할 무렵 로맹이 데리러 왔다. 로맹은 암 병동에서 일한다. 야간 근무로 눈이 피곤에 절었다. 서둘러야 한다. 장례식이 두 시간 남았다.

나흘 전 비올레트 할머니가 주무시다가 돌아가셨다. 슬픔이 생생하다. 분위기는 애도로 젖어 들었다. 사랑, 존중, 슬픔, 장례식을 모두의 경험으로 만드는 모든 것이 있었다.

나는 아빠가 와 줘서 기뻤다. 마르고와 로맹은 반대편에 앉아 있다. 다들 비올레트 할머니가 내게 얼마나 소중한 사람이었는지 잘 알고 있다. 할머니가 주간에 머물렀던 완화 치료 센터에서 만났을 때 할머니는 걱정 말라고 했다.

"모든 것에는 주어진 시간이 있단다. 살아갈 시간과 죽을 시간. 이제 난 준비가 된 것 같아."

나는 할머니의 손을 잡으며 훌쩍거렸다. 할머니의 투명한 피부 아래로 파란 혈관들이 보였다.

"할머니가 너무 보고 싶을 거예요."

할머니는 눈을 감았다. 내 말을 못 들으셨나 했는데 할머니는 좋아하는 하이쿠를 읊었다.

어쩔 수 없으니
꽃그늘 아래에서
죽음을 준비하자.*

할머니의 총명한 눈은 흐려졌지만 입술에는 미소가 어렸다. 할머니는 잠시 시간이 흐르도록 기다렸다. 아직 다 끝내지 않았던 거였다. 내가 다가가자 할머니가 작은 소리로 말했다.

"길 끝에 있는 죽음에 다다랐어. 조금만 걸어가면 돼."

그것이 할머니가 남긴 마지막 말이었다. 진통제에 취해 잠이 든 할머니는 그날 밤 돌아가셨다.

---

* 고바야시 잇사(1763~1828년)

앙투안 아저씨는 곁을 떠나지 않았다. 할머니는 아들의 손을 잡고 고통 없이 숨을 거두셨다.

그날을 다시 생각하며 무릎 위에 놓인 할머니의 노트를 보았다.

"어머니가 전해 드리래요."

앙투안 아저씨가 노트를 건넸다. 펼쳐 보니 비뚤비뚤한 글씨로 적어 내려간 날짜, 문장, 인용문들이 있었다.

그리고 하이쿠가 길가에 핀 야생화처럼 곳곳에 쓰여 있었다.

장례식을 주관하는 신부님이 가족과 지인들에게 추도사를 할 차례라고 했다. 앙투안 아저씨가 처음으로 나섰다. 아저씨는 아들을 사랑했고 평생 지지해 준 어머니였던 할머니에 대해 말했다. 등 뒤에서 누군가가 오열했다. 뒤돌아보니 폴레트 할머니였다. 준비에브 할머니와 조르주 할아버지가 옆에 앉아 있었다. 폴레트 할머니는 큰 어깨가 들썩일 정도로 울더니 커다란 체크무늬 손수건에 코를 풀었다. 다음은 내 차례였다.

나는 약간 비틀거리며 연단으로 올라갔다. 나는 노트를 가슴에 꽉 안고 목을 가다듬었다.

"저는 고3 인턴 실습 때 비올레트 할머니를 처음 만났습니다. 요양원에 들어갔던 시기가 비슷했어요. 둘 다 적응하기 힘들 때였죠. 할머니는 어쩔 수 없이 요양원에 오셨어요. 살날이 얼마 남지 않았으니 요양원이 묘지나 마찬가지라고 하셨고요. 저는 요양사가 되고 싶었지만 사실 그 직업이 저한테 맞는지 잘 몰랐어요. 저 자신이 누군지 잘 몰랐죠."

나는 아무 생각 없이 손을 들어 흉터를 만졌다. 손가락에 불뚝 튀어나온 흉터가 만져졌다. 머리카락이 자란 뒤로는 사람들 눈에는 잘 보이지 않는다.

"우리는 둘 다 흠이 있었어요. 할머니는 제가 흠을 메우는 걸 도와주셨어요. 감춰 봤자 소용없다는 걸 가르쳐 주셨죠. 사람들이 모른다고 없어지는 게 아니라는 걸요. 할머니는 제가 성장하게 도와주셨어요. 나이 차이가 크게 났지만 친구가 되었죠."

나는 노트를 연단에 내려놓고 펼쳤다. 흔들리는 목소리로 말을 이었다. 마치 바닥에 넘어지는 기분이었다.

"할머니가 이 일기장을 주셨어요. 할머니는 목록 만드는 일을 좋아하셨더군요. 수술받으셨을 때 '마지막' 이라는 목록을 만드셨죠. 깨어나지 못할 거라고 확신하셨나 봐요. 그러고 나서는 그 목록을 더 채우지는 않으셨어요. 퇴원한 뒤에 '오늘 주어진 걸 받고 내일은 내일이 오면 생각하라' 고 말씀하셨죠. 그게 할머니가 삶을 바라보는 방식이었어요. 할머니는 매 순간을 누리고 싶어 하셨어요. 마지막 순간처럼 누리겠다는 것이 아니라 주어지는 모든 순간을 즐기겠다는 말씀이었어요. 그래서 새 목록을 만드셨죠. 바로 '처음' 이라는 목록인데 제가 몇 개를 읽어 드리겠습니다."

눈물이 차올라 시야가 흐려졌다. 나는 뿌연 시야에도 문장을 읽어 내려 애썼다.

- **카퓌신의 머리를 처음 본 날.**
- **깜딱지가 요양원에 처음 온 날.**
- **요양원의 독서 클럽이 처음 모인 날.**
- **내가 요양원으로 돌아가면서 '집에 가는 날' 이라고 처음 말한 날.**
- **앙투안이 파리에서 열리는 하이쿠 전시회에 나를 처음 데려간 날.**

• 손자가 '할머니 집'이라고 처음 말한 날.

• 폴레트와 함께 체리 나무 밑에 앉아서 '이건 우리 벤치야'라고 처음 생각한 날.

나는 눈을 들었다. 뜨거운 눈물이 볼을 타고 흘러내려 입과 목까지 적셨다.

"비올레트 할머니는 삶을 사랑하셨어요. 매 순간이 아무리 짧은 시간이라도 소중하다고 가르쳐 주셨어요. 분명 그래서 하이쿠를 좋아하신 거예요. 할머니는 항상 하이쿠에 관해 말씀하셨어요. 할머니가 일기장에 마지막으로 적으신 하이쿠를 읽어 드릴게요. 할머니가 떠나셨어도 항상 우리 마음속에 살아 계신다는 걸 의미하니까요."

앙투안 아저씨와 옆에 앉은 아저씨의 딸도 눈물을 흘렸다. 나는 노트를 볼 필요도 없었다. 그 하이쿠라면 눈을 감고도 외웠다. 나는 삐끗거리는 목소리로 크게 읽었다.

나비가 가득한
죽은 나무에
꽃이 피었네.*

* 고바야시 잇사

오늘부터 돌봐 드립니다

1판 1쇄 발행 2021년 12월 30일 **1판 3쇄 발행** 2022년 7월 22일

지은이 델핀 페생 **옮긴이** 권지현

펴낸이 남영하 **편집** 김주연 박예슬 **디자인** 박규리 **마케팅** 김영호

펴낸곳 ㈜씨드북 **주소** 03149 서울시 종로구 인사동7길 33 남도빌딩 3F **전화** 02) 739-1666 **팩스** 0303) 0947-4884

홈페이지 www.seedbook.co.kr **전자우편** seedbook009@naver.com **인스타그램** instagram.com/seedbook_publisher

ISBN 979-11-6051-430-8 (43860)

DEUX FLEURS EN HIVER

by Delphine PESSIN

• 책값은 뒤표지에 있어요. • 잘못 만들어진 책은 구입하신 서점에서 바꾸어 드려요. • 씨드북은 독자들을 생각하며 책을 만들어요.